# El Viaje de Héctor Rabinal

# EL VIAJE DE

# HECTOR RABINAL

Una novela de
DONLEY WATT

*Donley Watt*

Traducida por
Pedro Angel Palou y Peggy Watson

Texas Christian University Press / *Fort Worth*
Universidad de las Américas / *Puebla*

*Library of Congress Cataloging-in-Publication Data*

Watt, Donley.
   [Journey of Hector Rabinal. Spanish]
   El viaje de Héctor Rabinal : Una novela por Donley Watt/
traducida por Pedro Angel Palou y Peggy Watson.
      p. cm.
   ISBN 0-87565-128-3 (alk. paper)
   1. Peasantry— Guatemala — Fiction. 2. Guatemalans —
Texas — Fiction.
   I. Palou, Pedro Angel, 1966. II. Watson, Peggy, 1948.
III. Title
   [PS3573.A8585J6818 1995]
   813'.54 — dc20
                                          95-12597
                                             CIP

Cubierta y diseño del libro por Barbara Whitehead

Para Lynn

# PROLOGO

MI NOMBRE ES Bartolo Méndez
Cota. Soy guatemalteco de nacimiento y excepto por
los últimos tres de mis sesenta y siete años, nunca he
vivido fuera de mi país. Cuando joven fui preparado
para el sacerdocio por razones que fueron obvias en su
momento pero ahora no parecen tan obvias. Después de
varios años dejé la Iglesia. Otra vez las razones en aquel
momento parecieron claras, mas ahora están diluidas
por el tiempo. Regresé a mi pueblo de Huitupan, uno de
los puntos más altos de mi país. Un lugar, me gusta pensar, que está más cerca de Dios que cualquier edificación
ornamental que el hombre ha construido. Regresé con
la gente de Huitupan, no porque ellos hubieran aban-

1

donado a su dios, sino porque el dios de la Iglesia los abandonó. Les agrada que haya encontrado las formas para poder entretejer el dios de las montañas, de los ríos claros, del fértil suelo grisáceo, con el doloroso y pesaroso dios de la Iglesia. Ya no soy un católico, aunque ellos no lo entienden, puesto que todavía bautizo a los infantes, bendigo las uniones sagradas y doy confort en la agonía.

Pero soy católico en un sentido más profundo, veo todas las cosas en el mundo con propósitos, con inicios y finales, y con conecciones, tanto de lo bueno como de lo malo. Algunos, esos funcionarios de la Iglesia de Chajul, aquellos en la Diócesis en Huehuetenango y quién sabe dónde más, me llaman un instrumento del demonio. Sus verdaderas palabras (mas no soy tan importante). La gente de Huitupan sabe que soy un chaman, sólo uno de los varios que viven en las colinas alrededor de su pueblo. Me llaman padre Cota porque así ellos lo desean. No hace daño.

Esta no es mi historia, sino mi historia para contar, porque es una parte de mí, una parte de mi vida. Lo que le sucedió a Héctor Rabinal, un hombre simple y bueno, hijo de la prima de mi hermana, continúa viviendo como un rasgón dentro de mi alma rota. Esto debe ser contado, no para hacer intacto otra vez el abrigo de mi alma, ya que soy un hombre y mi alma nunca podrá estar completamente entera, sino para que esto nunca más vuelva a ocurrir. O que ocurra un millón de veces más, pero de formas diversas. La mayor parte de esta historia me la ha contado Héctor Rabinal, por medio de

2

cartas, en la sagrada confesión y en pláticas de probada profundidad en la oscuridad de la noche que nos rodeaba. Contaré la historia de Héctor Rabinal tal como debió haber ocurrido, como hubiera sido observado si un dios con el ojo de un águila y la sabiduría de todas las épocas pasadas hubiera acompañado a Héctor Rabinal y aquellos que encontró en cada metro de su camino. Por esto, que algún entendimiento más grande que el mío pueda entrar en la historia y hacerla completa. Cuando hablo de mí mismo, será como si estuviera observando al padre Cota como un extraño de un país lejano, un hombre que apenas conozco. Si violo la confianza de Héctor o distorciono los eventos por ignorancia, el dios que reside en todas las cosas deberá ser mi juez. Entonces, así sea.

# UNO

HECTOR RABINAL se enderezó de su trabajo y golpeó suavemente una bota con el costado de su machete para retirar el lodo. La tierra sobre la cual se encontraba de pie era de él. El lodo de sus manos, el que marcaba sus pantalones y se adhería al machete que sostenía, le pertenecía como antes le había pertenecido a su padre y al padre de su padre. Esta era su finca, su granja, una pequeña planicie a medio camino del sendero que rodeaba al monte Zacapa. La pequeña pieza de suelo casi no se distinguía de la otra docena de fincas visibles desde su declive. A cualquier lugar que miraba, la tierra ascendía como peldaños; terraplenes, uno tras otro, año tras año por generaciones, encima del levantamiento y la caída de la tierra que le rodeaba. Lo único que rompía a los terraplenes eran grupos de árboles, unas pocas casas dispersas y las veredas serpentinas que conducían hacia Huitupan, un pueblo que circundaba a una pequeña plaza o zócalo de tierra que Héctor apenas alcanzaba ver.

Desde donde él se encontraba, contempló la tierra de sus hermanos, de los hermanos de su esposa Leticia y de sus primos; todos eran campos cambiados de forma y sembrados, algunos ya con filas de verdor que ondulaban en la ligera brisa como pequeñas banderas. Junto a los campos, árboles y viñedos de manzanas y uvas y duraznos se ladeaban en el delgado aire de las montañas y filtraban la luz sobre pequeños pedazos de tierra a lo largo del rico suelo. Cerca del lugar, racimos de café se suspendían verdes y firmes de tres filas de arbustos. Próximo a ellos, y cerca de su casa donde Leticia cocinaba y cuidaba a sus hijos, las hojas verde-amarillas de los frijoles negros y las puntas rígidas del maíz germinaban del oscuro suelo.

Abajo, el río rodeaba con su camino a un lado de su tierra y a través del centro de Huitupan, donde las mujeres restregaban sus brillantes ropas sobre las rocas planas, y fluía hacia Chajul para unirse con el Río Mitagua, que a la vez se precipitaba hacia el este y después se deslizaba hacia el mar en Puerto Barrios, un lugar en el cual Héctor Rabinal nunca había estado, pero lo conocía porque podía leer y escuchar cercanamente lo que le era dicho. Un joven padre Cota enseñó a Héctor Rabinal a calcular litros de frijoles y kilos de

6

maíz, a leer y a escribir, en primer lugar en español y después, cuando él vio lo rápido que Héctor aprendía, en inglés. Eso fue hace más de 20 años, pero Héctor todavía recordaba aquel sentimiento de magia al aparecer su nombre, negro y espeso, de la punta de su bolígrafo. *thick, dense*
Esa magia, la manera en que las palabras aparecen y representan cosas reales, como la gente, el cielo y las lágrimas, quería que el padre Cota se la enseñara a sus hijos. Sin importar que Efrán tenía menos de 2 años, Tomasito cinco, Héctor sabía que aprender en una joven edad era la única manera de convertirse en un hombre de entendimiento.

Pero el padre Cota había desaparecido, se fue tan repentina y silenciosamente como el humo en una rápida brisa. El padre Cota era un hombre de buenos impulsos y no había estado mal en lo que hizo. Alimentar al hambriento y dar refugio a aquellos que no lo poseen no estaba mal. El error era no reconocer que él no podría — sin poner en peligro a todo el pueblo de Huitupan — hacer cosas por las bandas de hombres andrajosos y abrumados quienes vagaban a través del país para perseguir, o más comúnmente, ser perseguidos por los militares de camisa café. El padre Cota no estaba interesado por la política de gobiernos; él pensaba que las necesidades de la gente oprimida no se inclinaban hacia la derecha o la izquierda, que no había lados justos e injustos, que el bienestar de la gente era todo lo que importaba. El padre Cota descubrió que aquellos eran pensamientos idiotas, unos que él ya no tenía más. Das ayuda al enemigo y te conviertes en el enemigo.

En la mitad de la noche le llegó el aviso al padre Cota que los soldados del gobierno se estaban acercando, que él sería llevado a la capital, que era considerado un armapleitos, incluso un traidor. Sólo tuvo tiempo para tomar unas pocas posesiones junto con algunos instrumentos legales que había estado desarrollando, como escrituras de terrenos para la gente de Huitupan. Con sólo unas pocas palabras hacia Héctor Rabinal, y no otro, se deslizó hacia la oscuridad.

Esa noche el padre Cota y Héctor Rabinal habían estado bajo la sombra del cielo oscuro. Hablaron en voz baja y en inglés, de tal forma que si alguien podría escuchar, no entendería. La cartera de piel que el padre Cota siempre cargaba fue amarrada con anchas correas y tan bien empacada que él se sentaba sobre ella al momento que hablaba. Era pesada, no por sus pertenencias, porque él tenía pocas, sino por las cosas de valor — sus libros, y lo más importante, los papeles que demostraban la posesión de las tierras. Papeles que alguna vez, antes de que el padre muerto de Héctor naciera, los hombres de Huitupan habían viajado por seis días hasta la capital a ver al propio presidente para ser firmados. Eso fue hace mucho, pero varios años después, los grandes temblores habían destrozado la vieja ciudad.

Héctor vio que no había necesidad de preocuparse. Dijo: "Los papeles son nuestros y las tierras son nuestras. Cada uno sabe que donde estamos parados, me pertenece. ¿Cómo podría ser ésta la tierra de alguien más?"

Pero Héctor siempre lo supo. Había escuchado los

rumores. Las tierras de Presa habían sido tomadas cuando la gente fue acusada de ayudar a los soldados rebeldes. El sacerdote de Chajul había dicho que así era. "Mas ¿quién podría confiar en él?" preguntó Héctor. "Por media hora de Misa recolecta lo que un pobre indígena gana en un mes. Y a diferencia de usted, padre Cota, él nunca pensaría en despertarnos de nuestro sueño de ignorancia."

Entonces el padre Cota movió su cabeza e hizo señas a Héctor para que quedara arrodillado a su lado. Le dijo a Héctor que los papeles no estarían más tiempo seguros en Huitupan, que no era seguro para él y que él podría ser llevado en cualquier momento. "Pero ¿para qué?" preguntó Héctor. "¿Quién lo llevará a usted lejos de aquí?"

El padre Cota miró alrededor como si sus ojos pudieran penetrar a la noche. Y le dijo a Héctor: "Muchos en este mundo son el demonio; tú puedes conocer más a un buitre no por sus plumas, sino por lo que come." El padre Cota enseguida le dijo donde estaría, en el hogar de su primo en el pueblo de Altomirano, mil kilómetros o más dentro de México. "No le digas a nadie adonde me he ido," dijo el padre Cota. "Debes jurar que éste será tu secreto porque puede ser que no esté a salvo incluso en México. Me temo que he hecho muchos enemigos."

"¿Cómo podría un hombre que sólo trata de hacer lo correcto tener enemigos?" le preguntó Héctor.

Y el padre Cota estaba tan perplejo como Héctor y no pudo contestar.

Después de un momento Héctor dijo: "México, ése no es su país, y ¿qué tan seguros están en México los papeles de nuestras tierras?"

"¿Y qué tan bien están aquí un montón de cenizas?" preguntó el padre Cota. "Debes confiar en mí."

"Con la vida de mi hijo yo confío en usted," dijo Héctor.

Con esto, como si él solamente hubiese estado esperando por esas palabras, el padre Cota saltó tan rápido como un joven. Levantó su carga sobre su hombro y se fue sin decir nada más.

En pocas semanas Héctor había convocado a una reunión de los hombres del pueblo. Él era el líder natural desde que el padre Cota se había ido y él tenía la sabiduría más allá de sus 34 años. Los asuntos de Huitupan debían continuar. Un maestro tenía que ser encontrado, tal vez más dinero sería recolectado para pagarle. La Iglesia tenía una pequeña misión y la escuela en Chajul, pero estaba muy lejos. El obispo había mandado, hace poco, un aviso donde decía que quizás aquellas escuelas fuera de Chajul, tal como una en Huitupan, serían operadas por el gobierno y que ellos lo escucharían en el momento apropiado, pero debían ser pacientes. Pero para él, Héctor les dijo a todos los hombres que él no sería paciente. Sus hijos crecerían hasta volverse viejos mientras esperaban. Él no esperaría a la Iglesia o al gobierno.

Enseguida Héctor les dijo a los hombres que ellos debían cuidar sus tierras y sus hogares, que los rumores corrían rápidamente a través de los valles de las montañas, diciendo como las tierras e incluso pueblos enteros habían sido tomados.

Mientras Héctor estaba diciendo las palabras que podía en la reunión, su promesa hacia el padre Cota revoloteaba alrededor de su corazón como nubes altas en una tormenta eléctrica, nubes que nacen pesadas al mismo tiempo que se levantan sobre las montañas. Algunos hombres pensaban que el padre Cota pudo haber muerto en un paraje remoto en el camino hacia Presa donde vivía su hermana. El padre Cota ya no es un hombre joven, ellos dijeron. Pudo haber pasado. Las jabalinas no habrían dejado restos. Héctor sólo sacudió su cabeza y dijo no, sé que no es verdad, y no dijo nada más.

Después de la reunión, Gabriel, el primo de Héctor, le advirtió que no volviera a hablar. "Desaparecerás como el padre Cota," le había dicho, "o serás arrojado *thrown* de tu tierra."

"Pero necesitamos una escuela para nuestros niños," dijo Héctor. "Y además," preguntó, "¿quién está para escuchar mis palabras? Todos aquí son mis amigos, son mi familia. ¿Quién más hablará? Ahora que el padre Cota se ha ido, todos miran hacia mí."

Gabriel pudo haber conocido más de lo que él pudo decir, pero tenía miedo. Sólo sacudió su cabeza y se fue caminando lejos.

Héctor regresó a su trabajo en el campo, sesgando la enredadera de viñedos que habían sofocado su propio camino alrededor del tronco de un manzano.

Miró hacia su casa. La había construido bien, segura

en el lado opuesto del monte Zacapa, sobre una saliente plana que siglos antes había sido limpiada por un derrumbe. Las paredes estaban hechas de gruesos bloques que Héctor había tallado de la arcilla de la montaña; el techo sostenía muchas capas de bálagos para reguardarse de la lluvia mientras dejaba que el humo de su fogata sea llevada hacia el cielo. Incluso en este momento, un humo oscuro de un fuego fatuo pendía arriba del techo y desde 60 metros Héctor pudo oler el maíz de las tortillas y saber como se carbonizaban sobre la piedra plana. Los ladinos comen pan pero los hombres como Héctor, los indígenas de Guatemala, deben tomar tortillas de maíz de la tierra o sentirse débiles.

Una carreta cargada con barriles y ollas de arcilla para agua se encontraba próxima a la casa e inclinada lanzada hacia la vereda que conducía desde el río. Algo se movió atrás, algo más grande que un perro y Héctor paró de trabajar, se estiró la espalda y miró atentamente a la carreta. Su asidero de madera parado hacia el sol se ergía como una cruz. Héctor se movió unos pasos colina abajo hacia la casa y se paró a mirar de nuevo. Cubrió sus ojos de la luminosidad y tuvo la impresión de ver a dos hombres de rodillas atrás de la carreta. Se desplazaron hacia la casa, no erguidos como hombres sino agachados casi en cuatro patas como si fueran perros. Uno sostenía un arma, un rifle, mientras que el otro encendía una antorcha. La sostenía mientras era atrapada y encendida por la llama.

Héctor comenzó a moverse y enseguida quedó congelado, imposibilitado a dar un paso, imposibilitado a creer lo que estaba pasando, como si fuera una noche de luna llena y él fuera atrapado en un sueño sin descanso.

Los dos hombres usaban vestimenta militar con el diseño de una mano blanca en la parte trasera de sus camisas. Héctor sabía que aquellos hombres de las manos blancas eran los tomadores de tierras. En ese instante, Leticia y Tomasito aparecieron en el lumbral de la puerta. Héctor trató de gritar, pero su voz fue silenciada. En otro instante, un soldado arrojó la antorcha sobre el techo y los bálagos empezaron a arder con un humo que no ascendería en el aire inmóvil. Leticia gritó y evocó el nombre de Héctor. Se echó a correr cargando al pequeño Efrán mientras que al mismo tiempo Tomasito cayó detrás de ella y comenzó a llorar.

La mano de Héctor apretaba tenazmente el mango de su machete, y empezó a cruzar la suave y labrada tierra hacia la casa. Se movió, agachándose y perdiendo su sombrero mientras corría. Para entonces — podrían haber sido sólo 2 o 3 minutos — llamas naranjas y humo negro fluían del techo y de una ventana abierta. Uno de los soldados se puso de pie. Su vientre estiraba su camisa y su rifle se mostraba pesado sobre su hombro.

Leticia regresó corriendo a la casa, cubriendo su rostro del calor. En ese mismo instante, Héctor se desplazaba, sus pies sintiendo con dificultad el lodo bajo ellos. De un momento a otro, él estuvo encima de los hombres de camisa café. Su mano se tornó hierro al mismo tiempo que asía el machete. El grueso soldado que estaba de pie fue sacudido violentamente y al momento que sus ojos encontraron a Héctor un sonido áspero saltó precipitadamente de su garganta. Héctor giró el machete y el cuello del soldado se encontró con la hoja tal como otra pila gruesa de plátanos y cayó en dos piezas.

Muy tarde su compañero escuchó el bramido de Héctor arriba de aquella casa agonizante, y con otro giro del machete de Héctor, él cayó retorciéndose y desplomándose sobre la carreta.

Leticia levantó a Tomasito de un brazo y lo arrastró con ella. Los ojos de Héctor ardieron por el humo y el calor, y la sangre de los soldados manchaba el blanco de su camisa. Leticia se paró al borde de la selva, esperándolo. Héctor tomó violentamente de la carreta una olla con agua y la lanzó sobre la casa, mas las llamas lo obligaron a retroceder.

Un camión, que todavía no era divisado, emitió un suave lamento de engranes a medida que se esforzaba por subir el declive, y Héctor hizo señas a Leticia para que se moviera hacia la selva, para esconderse. Por un momento, ella lo miró fijamente con la tristeza, la ira, el miedo y la desesperanza reflejados en su rostro, una mirada que Héctor nunca podría apartar de su mente. Enseguida Tomasito le pasó velozmente a ella y los tres se deslizaron dentro de la maleza dejando a Héctor solo con el crujir y el desvanecimiento de la casa desmoronándose.

Todavía antes de que el camión se detuviera y más hombres con camisas cafés saltaran de la lona trasera, Héctor se escabulló de las reminiscencias de la casa en llamas hacia la huerta, esperando sobre una rodilla hasta

14

que los soldados lo distinguieron. Enseguida se puso de pie ondeando desafiantemente hacia ellos el machete teñido de sangre y rápidamente emprendió la carrera a través de las hileras de los árboles frutales que encorvaban la colina lejos de la selva que ocultaba a Leticia y a los niños.

Los soldados dispararon 2 o 3 tiros y sus gritos persiguieron a Héctor, pero eran lentos dentro de sus pesadas botas y Héctor supo que estaría a salvo al menos por un momento.

Al igual que Héctor corría, pensó en Leticia, la mirada sobre su cara mientras ella esperaba al borde de la selva. Para él, Leticia siempre fue joven y bonita, pero en ese momento que vio su cambio, ella se convirtió en una mujer que envejeció en un instante. Triste y vieja. Un pensamiento de que Héctor no podría librarse. Ni siquiera el temor y la ira que sintió pudieron borrarlo.

Sin embargo, Héctor sabía que Leticia estaría a salvo si ella se había ido a Todos Santos, a la casa de Adolfo, su hermano, quien era un hombre bueno y conocía a un sacerdote en el cual él podía confiar — uno que los escondería. Las montañas se pierden desde Huitupan a Todos Santos, así que el camino sería fácil. Leticia había ido por ese camino varias veces y lo conocía bien.

Después de media hora de correr, Héctor dejó atrás los campos y se internó en la densa selva que por siglos había sido considerada como tierras demasiado escabrosas para cultivar, un lugar donde él usualmente había ido a recoger ramas de árboles muertos para la fogata. El se detuvo ahí y escuchó. Por encima de los rápidos y desapacibles sonidos de su respiración, Héctor pudo escuchar gritos desde atrás y debajo, los cuales resonaban débilmente entre el valle. Se movió rápida y silenciosamente dentro de la selva. Ahí, encontró una barranca casi llena con matorrales muertos, ramas de árboles y hojas. Como un nadador bucea hacia las profundidades de un río, él hizo su camino hacia el fondo de la barranca, siendo cuidadoso de no dejar una estela entre los matorrales, cubriéndose de tal forma que apenas podía respirar a través de la enredadera arriba de él.

En primera instancia, Héctor se sintió sepultado vivo y el pánico combatió en contra de su temor, pero él se esforzó por quedar impasiblemente tendido.

Justo al anochecer, los soldados marcharon por ahí, sus botas sólo lejos a unos cuantos metros. Los músculos de Héctor emitieron un dolor en su centro y la orina había endurecido sus pantalones, pero él no se movió. Esa noche, mientras rezaba, el viento que sopla del norte arrojó hojas en la barranca como lluvia suave sobre una fresca sepultura.

En un ataque de fiebre, Héctor soñó que Leticia había venido con un rollo de paños de color de la puesta del sol y empezó a coser un fino traje para él. Día y noche ella hacía patrones y cortaba el paño, después empezaba a coser las piezas, pegarlas y juntarlas. Pero cuando una pieza era cosida y ella comenzaba otra, la primera se deshilaba y ella lloraba por estar imposibilitada para parar de coser. Leticia creció delgada y sus dedos sangraban, pero ella seguía cosiendo, su cara cubierta por sus lágrimas.

Enseguida, la sequedad de la garganta de Héctor lo despertó e iba a gritar, sin saber donde estaba. Pero su lengua estaba hinchada y silenciosa, y la sed lo guió desde la barranca hasta una noche sin luna donde una estrella caía dentro de un arco amargo.

Tropezó con una tosca escarpa y finalmente escuchó el río de la montaña. Su agua lo revivió, pero la pesadilla no se alejaría. El rumor del río cubría a todos los sonidos de la noche y sintió temor por sí mismo; se sintió apenado por su egoísmo. Lavó su camisa y sus pantalones dentro del agua oscura, una y otra vez golpeándolos pesadamente sobre las piedras negras debajo de sus pies. En su mente el río se volvió rojo. Sintió escalofríos, tenía frío y miedo.

Aunque Héctor sólo era un pobre campesino, nunca antes su familia había sufrido o había estado sin él. ¿Qué debe hacer? Ir con ellos sería traicionarlos, pero correr y esconderse era el actuar de un cobarde. El nunca antes había conocido cómo el temor puede confundir a un hombre, mas en ese momento sintió que su corazón había sido asido por la garra negra del temor.

Entonces Héctor recordó al padre Cota, como él se había ido a su primo en Altomirano. México no estaba a más de dos días hacia el oeste, 3 días si él iba por el norte y no pasaba por La Mesilla. El padre Cota era sabio. El sabría lo que Héctor debería hacer. Ir atravesando las montañas no sería facil, pero eran el hogar de Héctor. El valle no sería seguro — nunca podría serlo para él — y sintió una tristeza que lo llevó a los suelos, a hincarse. Rezó al Dios de su padre, el Dios de las montañas, por fortaleza. Después, con el último trago de agua escaló cien metros lejos del río. Tomó un instante para estudiar las estrellas y luego se volvió hacia el norte, el olor a quemado de su casa todavía rondando por sus narices. En la oscuridad escaló la escarpada pendiente que lo guiaría a México.

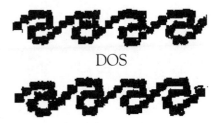

DOS

UN HOMBRE sólo puede decir
algunas cosas a su dios — no son para ser escuchadas
por otro — pero cuando la sangre está sobre la ropa de
un hombre y penetra a su alma, él debe tener ayuda para
limpiarse. Héctor inclinó su cabeza; no podía mirar
hacia arriba al tiempo que le contó al padre Cota su historia y le pidió su ayuda. Entonces, por un largo rato
Héctor sólo pudo escuchar la respiración poco profunda
del padre Cota, la respiración de un viejo, mientras
esperaba e incluso se encontró preguntándose por qué
estaba ahí, por qué había venido hacia alguien debilitado por la edad cuando lo que necesitaba era fortaleza.
Estaban solos en una casa del pueblo de Altomirano.

Héctor se sentó sobre el suelo compacto. Las paredes, hechas de tierra y palos, empapaban la luz opaca de las velas. Un rollo de cobijas estaba apoyado en la esquina y, excepto por el altar que llenaba el centro del cuarto, la casa estaba vacía. El altar era parecido a una cueva, un cercado, su parte superior hecha de ramas verdes que caían a través de las vigas del cuarto. Los lados del altar eran macizos de plantas secas cuyas puntas colgaban en un gran círculo. El cercado era tan amplio como la longitud de dos hombres y tan profundo como la longitud de uno. Héctor no podría alcanzar la parte superior. El altar contenía un santo que Héctor medio observó entre las ramas secas. Resplandecía con pintura de varios colores y de pie tenía la mitad del tamaño de un hombre. San Isidro. En frente, resguardando al santo, estaban de pie 8 toros en miniatura hechos de barro, entonces encendidos y satinados hasta el grado que brillaban. Líneas de velas manejaban los lomos de los toros y las gotas de cera derretida los cubrían como sillas de montar resplandecientes.

El padre Cota le había ofrecido comida a Héctor y se la había comido. El tazón vacío estaba cerca de él, pero tenía un hambre que los frijoles no pudieron saciar. Héctor se sentó y miró al hombre más viejo. Ahora que le había contado su historia, se sintió en suspenso y su fortaleza se hubo levantado dentro de él una vez más. Era impaciente, pero respetaba al padre Cota así que todavía se mantuvo sentado y esperando. El era un hombre extraño para ser visto en ese país, con ojos color de un cielo oscurecido y cabello delgado, el color de las flores de maíz. Los labios del padre Cota se movieron pero no emitieron ningún sonido. Sus ojos estaban cerrados como si nunca fueran a abrir.

Héctor aún esperaba. A veces se dormía mientras estaba sentado, pero las flamas y el rostro de Leticia suscitaban que se despertara al cuarto sombrío.

Había estado oscuro por muchas horas cuando el padre Cota empezó a hablar. Le dijo a Héctor que lo que había hecho no era en sí malvado, que no estuvo mal defender su hogar y a su familia, mas su alma estaba mancillada y debería ser limpiada. Le dijo a Héctor que debería dormir por unas pocas horas y verlo en la iglesia cuando hubiera luz. Entonces el padre Cota se fue diciendo que debía alistar cosas pronto. Héctor estuvo sentado solo con la negritud de los toros y la vacilación de la luz. Entonces se durmió.

A la primera luz, Héctor se despertó y encontró la Iglesia. El edificio era simple, sus paredes de adobe blanco, un arco de piedra enlazado sobre la puerta. Una mujer ya estaba de rodillas moviéndose lentamente sobre sus rodillas hacia el altar. Lloraba suavemente al igual que oscilaba hacia adelante sobre el piso de tierra compacta, su voz poco más que un sollozo de un niño perdido.

El piso de la iglesia estaba salpicado por pequeñas ramas de pino. Las agujas se deslizaban bajo los pies de Héctor mientras caminaba. Una cruz gigante, extendiéndose veinte pies o más, estaba apoyada contra la pared a su izquierda y a su derecha estaba otra del mismo tamaño, pero envuelta en ropa púrpura. La iglesia no tenía bancos. A lo largo de cada pared estaban santos de madera, más altos que un hombre, cada uno revestido de listones de cada color y adornado con flores frescas. Héctor sintió el castigo sobre sus ojos dilatados y trató de pelear contra la pesadumbre que lo invadía.

El padre Cota había puesto velas en medio círculo sobre el piso. Las velas eran de todos tamaños, algunas no más largas que un dedo pequeño y otras más largas que el brazo de un niño. Ellas resplandecían en la oscuridad de la iglesia. El padre Cota estaba de pie enfrente de ellas, su cabeza ligeramente inclinada. Héctor vio como sus labios se movían con el ritmo de una plática antes de que pudiera ser escuchada. El aroma del humo de las velas y de las agujas aplastadas del pino llenó sus fosas nasales. Respiró profundamente deseando liberar el peso dentro de él.

Enfrente de las velas, el padre Cota había arreglado siete huevos en un círculo. En el centro del círculo había puesto un pollo, sus plumas completas y rojas, sus pies seguramente atados. El pollo no hacía esfuerzos para librarse y estaba extrañamente silencioso; sin embargo, por el resplandor en sus ojos, Héctor pudo decir que estaba vivo.

Frente al círculo de huevos, una tinaja de arcilla roja estaba lleno de posh, una bebida que el padre Cota había hecho de los juncos de los campos y el jugo de muchas piñas, una bebida bastante fuerte para limpiar cualquier alma.

El padre Cota hizo señas a Héctor para que se acercara y estuviera de pie junto a él, y entonces se inclinó lentamente y tomó la tinaja de posh, sosteniéndolo entre sus manos. Bebió un sorbo y después de otro continuó su canto. Sus palabras estaban en una lengua que Héctor no conocía. Enseguida, el padre Cota le dio la tinaja y Héctor bebió con avidez, dando la bienvenida a la frescura que era seguida por el calor. Lo quería para llevar lejos su mente, llevarla a un lugar donde había estado antes de que esta pesadilla hubiera comenzado, para limpiar su memoria.

El padre Cota se volvió lentamente, deteniéndose tres veces antes de completar un círculo. A cada alto, rociaba las ramas de pino más grandes con posh. Continuó con el canto, variando el grado de elevación, cambiando el ritmo y sorbiendo el posh. Héctor tomaba al igual que el padre Cota y el cuarto comenzó a girar. El canto se convirtió en el canto de Héctor, una parte de él, y lo sintió en su alma y en sus huesos. El padre Cota levantó las ramas de pino, dejándolas ascender y caer con el ritmo de su canto. Después levantó al pollo y sosteniéndolo de las patas lo pasó ligeramente sobre el cuerpo de Héctor, tomando su oscuridad con él. Enseguida, el padre Cota frotó los huevos, uno a la vez, por los brazos de Héctor, por su cuello y frente, poniéndolos de nuevo sobre el piso.

El canto se detuvo. El padre Cota alzó al pollo sobre su cabeza como si con él tratara de tocar el techo de la iglesia, enseguida con un movimiento rápido lo trajo hacia abajo y con un rápido retortijón rompió su cuello sin sacar sangre. Tomó al ave cerca hasta que su último esfuerzo fue hecho. Tocó el piso de la iglesia con su flácida cabeza y empezó a cantar de nuevo. Esta vez, sin una palabra del padre Cota, Héctor cerró sus ojos y sus voces se convirtieron en una, sus palabras juntas como si vinieran de una sola boca, de un solo cuerpo. Las palabras eran de Héctor como si las hubiese aprendido cuando era niño, como si él nunca hubiese conocido otro lenguaje.

Cuando Héctor abrió los ojos, el padre Cota ya no estaba cantando, sino estaba parado calmadamente, mirando pacientemente. Una sonrisa estaba sobre sus labios agrietados y una mirada de paz cubría su rostro. "Está bien," dijo. "Ahora vamos a comer y a beber." Ellos abandonaron la iglesia y fueron hacia la casa del primo del padre Cota, donde una mesa ya estaba preparada, ya pesada con calabaza, maíz y fruta de todos tipos. La esposa del primo había preparado 3 tipos de tamales, algunos rellenos con frijoles negros, otros con mole rico y oscuro, y el resto rellenos con las oscurecidas hojas de albahaca que dejaron un dulce sabor a anís en la boca de Héctor. Comieron y bebieron. La risa llenó el cuarto y se esparció en el corazón de Héctor, y en este momento supo por qué había venido hacia el padre Cota, y entendió que la fortaleza puede venir de muchos lugares incluso de hombre viejos y débiles. Ese día estuvo bien. Mañana hablarían.

"Lo que debes hacer no será fácil." El padre Cota habló quietamente y Héctor escuchó cada palabra. Estaban solos de nuevo. Era de mañana y la limpieza, el posh, la comida y la risa habían restablecido a Héctor. Era temprano, la luz se movía lentamente entre el cuarto, las sombras del día joven estaban lejanas. "Podrías quedarte aquí," dijo el padre Cota, "o quizás ir a los campos que están cerca del lago, aquél que está en el norte de Frontera Comalapa. Muchos como tú están allá."

Mientras hablaba, dibujaba círculos en el piso de tierra como si cada círculo pudiera contener lo que quedaba de la vida de Héctor. Cada uno de los círculos se extendía sobre el otro — ninguno estaba completo. El padre Cota había vivido por muchos años y tenía poderes en su alma y en su mente. Pero incluso el padre Cota no podía tener todas las respuestas para cada hombre y temía a la carga de completar lo que sólo le fue otorgado parcialmente. Con los círculos que siempre tocaban, él solamente podía intentar. "Pero en los campos," continuó, "ya hay muchísima gente. Pelean por un poco de comida, sus hijos están enfermos por el agua mala, los hombres no se pueden ir excepto para trabajar casi como esclavos con los propietarios de las tierras que unen los campos. Reciben su pago, no de hombres, sino de niños." Movió su cabeza al hablar, los círculos en el suelo comenzaron a agrandarse. "¿Y quién puede decir? Los mexicanos — ellos no quieren allá a nuestra gente — pueden forzar a cada uno a regresar a Guatemala, pero ¿a dónde? ¡Para qué? Para ti eso sería imposible, para ti debe haber más."

El padre Cota miró a Héctor como si mirara a su propio hijo. El había sabido que Héctor, desde que era joven, era diferente de los demás. Con su ayuda, la visión de Héctor podría ser extendida más allá de las antiguas montañas que circundaban Huitupan. Ahora, el padre Cota supo que casi había perdido a Héctor, y aunque él nunca habría deseado que sufriera esta clase de dolor, el padre Cota se dio cuenta de que aquel momento era la única oportunidad que Héctor pudiera tener. De la tragedia y la pérdida se podía hacer germinar, crecer e incluso florecer algo más significante.

"Podría escapar hacia Todo Santos," Héctor dijo, "y vivir con el hermano de Leticia. El es un hombre bueno y puede ser de confianza. Entonces, pronto puedo regresar a Huitupan. Los soldados olvidarán, el gobierno cambiará y un juez que sea justo lo entendería y me perdonaría."

El padre Cota lo detuvo con el movimiento de su mano. "No hoy, ni por muchos meses incluso años, eso sería posible. Sí, el hermano de Leticia es un hombre bueno — eso lo he escuchado — pero él arriesga todo lo que tiene, sus tierras y hasta su vida por esconder a tu familia. ¿Quieres más sangre en tus manos?"

Héctor no tenía que responder. El padre Cota lo alcanzó y apresó su brazo mientras hablaba, y Héctor sintió el poder del padre Cota restableciendo lo que había perdido. "Algunos han ido al norte, a los Estados Unidos. Hay riesgo en hacerlo y son muchos kilómetros para viajar, pero si tú eres inteligente y cuidadoso y deseoso de trabajar duro, una forma se puede ser encontrada para quedarte." Aquellas fueron las palabras del padre Cota, palabras que él creía que eran verdad o nunca las habría dicho, aunque mucho muy tarde vio también que las palabras vinieron desde lo que él deseaba, tal vez demasiado, que fuera verdad.

"Pero ¿qué con Leticia y mis hijos?" preguntó Héctor,

y trató de visualizar a los Estados Unidos, California o Texas, los nombres que sabía, y de otros lugares desconocidos, ciudades atascadas con muchos carros, televisores y música ruidosa, lugares donde todos eran ricos. Lugares donde cada hombre tenía un tractor con el cual trabajar su parcela.

"Cuando tengas dinero y un lugar seguro para vivir, después quizá de sólo algunos meses, porque allá hay mucho trabajo, puedes escribirme una carta aquí, a Altomirano, y mandar dinero para un camión. Después encontraré a Leticia y le diré como hallarte. Después de eso, si Dios quiere, ustedes pueden estar juntos y tener una segura y nueva vida en los Estados Unidos." Esto fue lo que dijo el padre Cota y lo que creyó que era lo mejor. No podría hacer más.

"Pero," Héctor preguntó, "¿qué si usted no está más tiempo aquí, que haya regresado a Huitupan, a su hogar, a su trabajo como nuestro chaman? Porque usted será necesitado allá."

"Héctor," dijo, y su voz fue gentil y triste, "es muy posible que en este momento ya no esté más el Huitupan que conocíamos. Y además, mi trabajo es donde estoy. La culpa, mi culpa, es tan grande como la tuya. Para el gobierno, mis palabras hubieron cortado tan profundamente como tu machete."

Héctor había perdido su confidencia en sólo unos momentos. "Pero ¿cómo puedo ir?" preguntó. "¿Qué le diré a Leticia? ¿Y cómo? No tengo dinero. Nunca he estado aún a esta distancia de Huitupan. Estados Unidos está muy lejos."

El padre Cota apresó ambas muñecas de Héctor y habló profundamente desde su corazón. "Mandaré un aviso a Leticia. Ella debe aceptar tu decisión y esperarte. Tendrá que comprender, no puede existir otro camino. Tus piernas son fuertes, tu mente es ágil. Sólo necesitas conocer la dirección del norte; el sol y las estrellas te lo dirán. Hasta que estés lo más lejos de Guatemala, desconfía de las carreteras de duras superficies y nadie te detendrá. Confía en tu dios y en ti mismo; llama a la sabiduría que tienes por ser el hijo de tu padre. El poco dinero que poseo será tuyo."

Héctor movió su cabeza. "No," fue todo lo que pudo decir.

"Todo puede ser recompensado de nuevo," dijo el padre Cota, "de alguna forma, en algún momento."

Enseguida, el padre Cota se puso de pie. "Recuerda hablar el lenguaje de México," dijo. "Ya no eres de Huitupan, pero sí de Comitán, en el estado de Chiapas. Eres sólo otro pobre mexicano dirigiéndose hacia el norte."

"Pero ¿cómo puedo cruzar hacia los Estados Unidos? ¿Existe peligro allá?"

"Cuando estés cerca encontrarás un camino. Observa y escucha. Recuerda que tú puedes delinear algún plan para muchas cosas, mas finalmente debes recordar en tener confianza."

Entonces el padre Cota le puso en la mano una pequeña bolsa hecha de piel. El podía sentir adentro el volumen de pesos. Después, una cobija y una playera enrolladas juntas y atadas. Finalmente, una hoja de plátano doblada y engordada con tortillas. Héctor tomó todo lo que le fue dado. Héctor sujetó su machete y se colgó sobre un hombro el rollo de ropa para acostarse. Sin otra palabra, se echó a andar en la humedad de la mañana, viendo al sol que brillaba a través del tufo. Sintió los ojos del padre Cota siguiéndolo mientras encontraba una vereda que lo guiaría hacia el norte. No volteó hacia atrás.

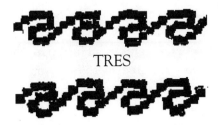

## TRES

HECTOR se detuvo en el pueblo que es llamado Peregrina. Para llegar hasta ahí, tuvo que viajar dos mil kilómetros hacia el norte de su hogar. En su travesía había aprendido una cosa: las almas desposeídas de la tierra, los campesinos, los pobres, compartirán de lo poco que tienen más rápidamente que los ricos comparten de su abundancia.

Su vergüenza y su culpabilidad eran difíciles de soportar. Muchas noches había observado las estrellas moverse a través del cielo, entonces se levantaba del suelo que era su cama y volteaba hacia el sur, donde las mismas estrellas, las que lo llevaron a ese lugar, colgaban amargamente arriba de las cenizas de su casa. En una de esas solitarias noches, le llegó el conocimiento de que nunca podría regresar a Huitupán, al menos por muchos años, tal vez nunca. Ese pensamiento se encendió entre su corazón, entonces murió como una estrella caída. Era fuerte, joven y sin temor, pero todavía sus lágrimas hacían ruido en el polvo negro de la noche y maldijo al dios de las montañas. Mucho más tarde, Héctor vería que su dios no lo abandonó, él había abandonado a su dios.

Pero regresar a Huitupán ahora no le ayudaría a nadie. Y para haber llegado hasta esa distancia, estar en aquel lugar a la mitad de un desierto inmenso, no había sido sin costo. Dos hombres murieron por su propia mano. Lo dijo en voz alta en medio de la noche, un murmullo para él mismo, y las palabras giraban como remolino cerca de él como un río desbordado por la lluvia. En aquel momento, hizo un juramento. "No mataré a otro hombre. Morir para mí tomaría menos dolor."

Para llegar hasta ahí, había rogado y sí, había robado pero sólo comida, nada más. Esa comida que le pertenecía a la tierra y la oportunidad de sol y lluvia podía ser demandada no por el hombre, sino por la buena fortuna de pasar sus días en cierto lugar. Y eso podría cambiar.

Más lejano viajaba hacia el norte, más se perdía a sí mismo. Cerca de la frontera, cuando por primera vez huyó hacia México, los hombres podían ver que él era de las montañas de Chajul, como si todavía estuviera envuelto por la placenta de su lugar de nacimiento. Pero ahí, en Peregrina, para aquellos pocos quienes lo notaron, él era otro vagabundo oaxaqueño o chiapaneco que se dirigía al norte.

Ese día en Peregrina era el mismo que la docena o más días que se extendían sobre él. Los hombres se movieron hacia el desierto al amanecer y Héctor fue con ellos. Estaban silenciosos; el ligero rebuzno de un burro andrajoso rompió la quietud, un lamento contra el peso que cargaba, el agua necesaria para veinte hombres.

Cortaron maguey con los machetes y palos con cabezas planas de acero, rebanándolo y levantándolo de la arena. Ellos devastaron las anchas y corriosas hojas hasta el punto que la penca de maguey pareció una pila gigante de piñas. Las manos de Héctor mostraban los cortes y rebanandas de las hojas pero a él no le importó. Había encontrado de nuevo el placer de trabajar día tras día, reencontrando un viejo ritmo con él mismo el cual había sido perdido.

Los hombres hablaban poco. No había risa — reír tomaba fortaleza, abrir la boca en el calor era perder el agua preciada.

Cuando el sol estaba en lo más alto, cortaron nopales, quitando sus espinas. Las jóvenes hojas cuando fueron peladas estaban tiernas y resbalosas como carne de mango pero sin su dulzura. Héctor comió, pero el vacío siempre estaba con él; su hambre nunca lo dejaba. Como los otros, él apretó cuatro tallos de maguey sobre el suelo y sobre ellos extendió su camiseta para tener una pequeña sombra, un lugar para descansar unos pocos minutos sobre la arena caliente. A veces, en su casi dormir veía las montañas u olía el maíz chamuscado de las tortillas de Leticia en el aire impasible, pero nada estaba ahí.

Afilaron sus machetes con piedras de arena, y en la tarde grandes pilas de cactus serpenteaban entre la llanura. Entonces ellos se convirtieron en burros cargados con la cosecha del día. Héctor observaba su sombra mientras caminaba. Era encorvada y monstruosa. El encorvamiento de su espinosa carga relucía más grande que el hombre.

Los días en Peregrina no podían ser más largos que aquellos en Huitupán, pero el sol pegaba con ira y la lluvia no caía. No había árboles frutales y el maíz tenía orejas no más largas que los plátanos verdes. La gente era pobre y el pago era suficiente sólo para unos cuantos frijoles o arroz, y en algunos días, un poco de leche para mezclar con los nopales que había cortado. Héctor tenía que ahorrar para su viaje hacia el norte, a Texas, un lugar donde sabía que había mucho dinero para ser ganado — suficiente para que Leticia y sus hijos se reunieran con él, suficiente para que el autobús los llevara toda la distancia. Héctor sabía que ocurriría tal vez en pocos meses, incluso en pocas semanas. En los Estados Unidos quién podría decir cuán rápido podría ser porque Héctor había jurado trabajar duro en aquel lugar donde todos se pueden convertir en ricos.

El autobús del sur se detenía en Peregrina una vez al día y la mujeres jóvenes miraban hasta que se iba. Pero nadie podía irse sin dinero. La gente de Peregrina no era como Héctor. Ellos estaban en su hogar. ¿A qué otro lugar podrían ir?

Ahí, la vida tenía un patrón. Cuando los hombres no cortaban el maguey, entrenaban sus peregrinas, sus halcones; los capturaban cuando eran jóvenes, para atrapar cascabeles, las grandes víboras de cascabel. La carne cuando era cocida en leche de cabra era blanca y dulce; las mujeres extendían y ponían a secar las pieles sobre ramas entrelazadas y las vendían a un lado de la autopista que estaba cerca del pueblo. Las mujeres bailaban y ondulaban las pieles secas a los carros que pasaban. Cerca de ellas, en jaulas de palillos atados por fibras de maguey, estaban los halcones, trofeos para el suertudo viajero con unos pocos pesos.

Era domingo. Héctor observó a las mujeres al lado de la autopista. Daban vueltas y bailaban, secas y frágiles como cáscaras atrapadas en un torbellino. Cientos de carros pasaban a lo largo de la autopista que era importante para muchos viajes de la capital a Monterrey y de regreso. Camionetas de San Luis Potosí venían cada domingo — ellas vendrían ese día más tarde — por el maguey, el cual para entonces era una pila de veinte pasos y más alta que dos hombres. Suficiente para hacer muchos barriles de mezcal o incluso de tequila.

Los hombres estaban felices, este día sería de paga. Héctor estaba de cuclillas con Rafael en la delgada sombra del maguey apilado. Héctor se sentía cómodo con él porque hacía pocas preguntas.

Héctor se quedaba en la casa del tío de Rafael, quien estaba lejos y podría no regresar. Nadie sabía o nadie diría. La casa tenía un solo cuarto. El sombrero de Héctor rozaba el techo cuando se ponía de pie y la puerta era solamente una pieza flexible y colgante de cactus secos, aplanados y amarrados. Su pared al Este estaba hecha de hoja de lata, vieja y de otra construcción; en las mañanas puntos delgados de luz se insinuaban entre los agujeros oxidados por clavos y a través del cuarto como aquellos retratos de santos. No era el hogar de Héctor pero estaba agradecido.

Rafael era el alcalde de Peregrina, y de su paciencia y silencio había mucho por aprender. El y Héctor sorbían pulque de tazas rojas hechas de la arcilla del desierto.

"En nuestras fiestas," Rafael decía, "rompemos las tazas cuando están vacías." E hizo un gesto como si lanzara la taza hacia el suelo. "Debes quedarte para eso. Bebemos mucho pulque, asamos tres incluso cuatro cabras; bailamos, reímos, las mujeres son bellas."

Por un momento, Héctor no contestó. Una fiesta no era posible en aquel lugar, así parecía. Pero Rafael había sido amable, tomando a Héctor desde el desierto donde vagaba, dándole refugio y trabajo, así que asintió. "Sí, una fiesta sería espléndida, usted es muy cortés. Pero sabe que estoy de paso hacia el norte y debo continuar. Quizás en la mañana, después de que me paguen, me iré."

Rafael no prestó atención a lo que él dijo. "Pronto será tiempo para que mi hija, Elena, tenga un marido, una casa propia, probablemente ésa, la de mi tío, la que ahora es tuya."

Elena estaba onduleando las pieles secas de víbora a los carros que pasaban. Tenía el cuerpo de una niña; sus senos no podrían contener suficiente leche para un infante. Pero su rostro era aquél de una mujer, uno que era bonito, pero sólo por un pequeño lapso de tiempo; Héctor ya podía ver las marcas de una mujer vieja y las arrugas que venían rápidamente en ese lugar.

Observaron a las mujeres y Héctor escuchaba a Rafael sin ver hacia su rostro. "Muchos hombres pasan por Peregrina en su camino hacia el norte," dijo. "Sólo pocos se detienen por más de un día. De alguna forma todos están desesperados: dar inicio a una nueva vida, por la oportunidad de trabajar, por el dólar mágico del norte. Pero algunos, y tú eres uno, viajan para dejar la oscuridad que los sigue, que estará con ellos incluso si cruzan el Río Bravo y se pierden ellos mismos en una de las grandes ciudades. Tú llevas tu historia en tus ojos."

Héctor empezaba a interrumpir, a protestar, pero Rafael movió su cabaza para silenciarlo.

"No expliques," dijo. "No tengo necesidad de conocer tu historia porque eres un hombre honorable. Eso, también, lo muestras en tus ojos. Pero debo decirte que si eres atrapado, o cruzando el río o millas adentro hacia el norte, las autoridades sabrán que tú no eres de este país, que tú vienes de otro lugar que está en el sur y te regresarán. No eres el primero que he visto."

Enseguida, Rafael volvió a hablar, dirigiendo su cabeza hacia Elena. "Si te quedas, una casa y un trabajo son tuyos — quizás hasta una esposa. Este lugar para detenerse es tan bueno como lo encontrarás en el norte. La vida hacia arriba es inquieta y no hay paz para ser encontrada."

Héctor no pudo contestar en voz alta. Miró hacia el suelo y movió su cabeza.

"Quédate aquí," dijo Rafael y se fue hacia su casa, desapareciendo dentro de ella.

Héctor sintió una fuerte necesidad de correr, pero el quieto poder de Rafael lo sujetó y lo dejó en cuclillas bajo la sombra de la pila de maguey, no viendo más a las mujeres o al relampagueo del tráfico en la luz trémula de la autopista. Sin embargo, una y otra vez se repetía las palabras de Rafael. "Las autoridades sabrán que tú no eres de este país . . . te regresarán . . . te regresarán." ¿Era la forma como lucía? ¿Alguna marca en su rostro? ¿La manera en que hablaba? ¿Cómo podría saberlo? Se sintió como siempre se había sentido y eso no podía cambiar — no en pocas semanas.

Tal vez, Rafael estaba en lo correcto. Un lugar podría ser tan bueno como otros. Porque para Héctor quizá nunca podría haber otro sitio que fuera de él y que fuera seguro.

Entonces Rafael estaba a su lado de nuevo. "Escucha cuidadosamente," dijo, y le extendió a Héctor una pequeña pieza de tela conteniendo una pila de tortillas. Enseguida, él sacó un saquito de tabaco que estaba retacado de monedas y lo puso sobre su mano. Héctor comenzó a objetar pero Rafael lo detuvo.

"Sé que te debes ir. En la mañana," dijo. "Al momento que haya luz, el autobús parará si estás al lado de la autopista. Es un viaje largo hacia el norte. El autobús pasará por Saltillo y después hacia Monterrey, una ciudad de mucha gente. Ciento sesenta kilómetros al norte de Monterrey el autobús se detendrá en el pueblo de La Gloria pero sólo por unos pocos minutos. Allí es donde te bajas, es importante. Más adelante está la Inspección Federal y a pesar de que no pudieran detenerte, el riesgo es muy grande. En La Gloria debes proveerte de agua, luego sigue el Río Salado hacia el noroeste, tal vez cincuenta kilómetros, hasta que encuentres una vía de tren." Con un palo, Rafael dibujó en la arena una línea recta. "Si sigues las vías hacia el norte, llegarás a un campamento en el límite de Nuevo Laredo donde muchos otros como tú han ido a quedarse antes de cruzar el río. ¿Entendiste?"

Héctor había escuchado cuidadosamente y a pesar de que el país era extraño para él, podía recordar el camino como si fuese dibujado un mapa dentro de su cabeza. "Sí," él asintió. "Debo irme."

"¿Cómo puedo pagarle?" preguntó Héctor, levantando la bolsa de monedas. Sabía que si su padre estuviera vivo se llenaría de vergüenza — su hijo aceptando dinero que no había ganado. Pero éste no era el tiempo de su padre.

Rafael movió su cabeza y comenzó a hablar. "Una vez, cuando era joven, tomé dinero que no era mío. Más de una vez lo hice, viajando de una ciudad a la próxima. Conocí más pero era impaciente con el mundo. Me fui de Peregrina por meses. Esto, como lo dije, ocurrió hace muchos años, cuando era joven, antes de que tuviera a una esposa por mi cuenta. Las autoridades nunca me atraparon y mis bolsillos se llenaron de pesos. Pensaba que yo era muy importante."

"Con parte del dinero compré un rebozo caro, tejido con hilos de diferentes colores, un regalo para mi madre.

Pero el regalo no era de corazón, aunque la amaba grandemente, mas fue un acto de arrogancia, una manera de demostrarle a mi padre y a otros de este pobre pueblo cuán rico me había convertido."

Miró hacia la autopista y suspiró. "Salí del autobús con mis ropas finas, en mis botas nuevas, cargando el rebozo de tal forma que cada uno pudiera ver y caminé hacia la casa de mi padre, justo allá." Señaló a través del camino. Su voz era pausada, en ese momento Héctor lo escuchó como si Rafael fuese la única persona sobre la tierra. "Mi padre salió a mi encuentro en la puerta. Me dijo que mi madre había muerto tres semanas antes, que ella había preguntado por mí en su último suspiro. '¿Dónde has estado?' preguntó mi padre. Agarré el rebozo y él se lo escupió."

"¿Me preguntas cómo puedes pagarme? Para ti, hay muchas formas. Algunas no requerirán dinero. Sabrás cuando es el momento correcto. Cuando pase, si piensas en mí, seré pagado. Tal vez, mi penitencia sea suficiente con el tiempo."

Enseguida Rafael estrechó la mano de Héctor, deseándole buena salud y alejándose. A la mañana siguiente, Héctor se dirigiría hacia el norte de nueva cuenta; a cada milla que lo llevaba más lejos, todavía él rogaba que fuera más cerca.

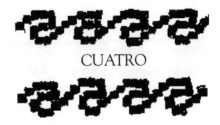

# CUATRO

COMER TORTILLAS mientras
era llevado por un buen autobús mitiga la memoria y el
dolor de caminar. Héctor había tomado un asiento al
lado derecho del autobús de tal forma que podía leer los
avisos. La Gloria. El aviso más importante sería La
Gloria. Por millas no hubo ninguno que reconociera,
ninguno de los que haya mencionado Rafael que él
vería. El autobús frecuentemente se detenía; al pasar el
tiempo, las montañas pequeñas y opacas se levantaban
desde el desierto, el autobús estaba atestado con muchos
otros quienes habían empezado sus travesías.

Héctor dirigió su cabeza contra la ventana, la cual
abrió sólo un poco, una rendija, y trató de mantener sus

ojos abiertos para los avisos pero esto no siempre era posible. Su cabeza arremetió silenciosamente sobre la ventana pero no evitó de caer en un medio — dormir. Su mente era llevada a un lugar donde no podría encontrar descanso.

Soñó en Huitupán, en el cementerio que tenía las tumbas de su padre y madre, las cruces, las flores y las piedras pintadas que alineaban las tumbas. Los hombres en camisas cafés estaban ahí, peleando, destapando sus tumbas. Sacaban los ataúdes y escupían en ellos. La madera estaba como nueva. Cuando abrieron la caja de su padre, él todavía estaba vivo pero muy frágil, y ellos lo picaban con las puntas de sus armas para hacerlo correr, mas él no podía. Héctor estaba ahí de pie y observaba; sin embargo, por alguna razón, los soldados no podían verlo. Pero su padre sí. Estaba vestido con su único traje y sus ojos estaban suplicando a Héctor por ayuda. Héctor comenzó a moverse hacia él y empezó a tomar los pasos pero, por alguna razón, no podía estar más cerca. Gritaba a los soldados para que se detuvieran pero ellos no podían escucharlo. La súplica de su padre se convirtió en frustración y después en ira, mas Héctor todavía no podía moverse. Los soldados levantaron a su padre y lo forzaron a poner su cara dentro de la tumba. Lo lanzaron con violencia y pateaban el polvo sobre él mientras gritaba. Finalmente, se quedó en silencio.

Héctor fue despierto por un sacudimiento cuando el conductor frenó fuertemente y el autobús se ladeó inciertamente. Estaban tomando curvas entre montañas hechas de piedras hendidas en fragmentos, las cuales no tenían árboles ni agua. Saltillo. El aviso centelleó como una señal en su cabeza.

La ciudad era extraña, las colinas tan estériles como las calles de piedra. Nunca había visto una ciudad con tanta gente y con tan poco que sea verde.

El conductor dijo que tenían diez minutos y bajó del autobús. Con una corta vara de madera, lisa como el mango de una azada, caminó alrededor del autobús y golpeó cada llanta. Poing, poing, poing, poing. Héctor sentía la vibración en sus pies y en su cabeza, la cual todavía seguía descansando contra la ventana.

¿Y si los frenos fallaban o una llanta explotara y el autobús se volcara hacia un lado de un peñasco? El podría morir y Leticia nunca lo sabría. Pero sería peor: vivir, ser herido, quizás quedar manco, vivir solo y sufriendo.

Sin embargo, aquellos eran pensamientos de un cobarde y los alejó de su mente. Eran sin importancia para Héctor Rabinal, quien era valiente, quien iría al norte y encontraría una forma, con la ayuda de Dios, para reunir a su famila una vez más. Juró que así sería.

Un hombre joven se sentó junto a él justo en el momento en que el autobús era puesto en marcha. Habló de muchas cosas que Héctor no sabía. Cuando él debía hablar de trabajo o de su familia, él hablaba de juegos y de aquellos que los practican en Estados Unidos. Eso, y de la música de su radio, la cual Héctor había escuchado y la conocía porque él tambíen tenía un radio. Antes del fuego. Mas el joven pretendía que la música era

43

diferente, como si fuera para él solo y no la misma que Héctor había escuchado.

En el camino hacia el este, una inmensa ciudad esperaba, sepultada por el humo de autobuses y carros y fábricas. Al autobús le tomó casi una hora llegar al centro de la ciudad. Se pararon solamente por unos cuantos minutos y el joven se fue sin decir adiós. Al mismo tiempo que el autobús era puesto en marcha, él subió cargando una botella larga de bebida de naranja y su radio. Héctor pretendía dormir pero el joven no pararía de hablar. Por lo menos, él no hizo preguntas porque no tenía necesidad de respuestas.

Cuando el autobús se detuvo en La Gloria, Héctor se paró sobre el suelo caliente y seco. La gran travesía lo había dejado envarado y se movió lentamente entre el pueblo buscando el mercado. No tenía prisa para enfrentarse de nuevo al desierto, para encontrar la ruta por el Río Salado, a las vías del tren hacia el norte, a Nuevo Laredo y la frontera. El podría haber permanecido siempre en el autobús si no tuviera sueños.

Por unos cuantos pesos llenó su bolsa con tortillas y una pequeña pieza de carne que había sido secada en el sol. Encontró un envase de plástico en una pila de basura y lo llenó con agua fresca.

Bajo la sombra de una edificación, cerca del límite del pueblo, esparció sus posesiones: una pequeña cobija, su machete, una playera enrollada dentro de un pequeño envoltorio, la bolsa de comida y el agua. Eso, el sombrero sobre su cabeza y las ropas que usaba, era todo.

Aseguró todo en su cobija excepto el agua, después la

enrolló firmemente con una cuerda, dejando un círculo que enbonaba cómodamente alrededor de su hombro. El mango del machete estaba adentro con un extremo afuera, donde podría ser fácilmente empuñado. Amarró la jarra de plástico a una correa circular pero después de unos cuantos pasos vio que era muy pesado y lo colgó sobre su hombro.

Héctor se vio a sí mismo como otros debían verlo, un campesino pobre, simplemente otro hombre quien estaba vagando hacia el norte. Pero él no sería un hombre pobre por siempre. Un día reclamaría sus tierras. Estarían siempre allá y él regresaría.

Un niño manejando una bicicleta lo llevó hasta el Río Salado. Tenía un cartón fuertemente sujeto al marco de su rueda que iba ta — ta — ta — ta contra los radios cuando pedaleaba. Señaló hacia el banco seco del río al oeste y enseguida se fue, montando de prisa de regreso al pueblo con un zumbido. El era muy orgulloso. Héctor pensaba que algún día Efrán tendría una bicicleta y la manejaría de la misma forma. Sí, ocurrirá, dijo. Sabía que debía mantenerse diciendo que así sería.

El Río Salado se mantenía plano, ancho y limpio de matorrales, de tal forma que el camino fue fácil. Si hubiera tenido al menos un hoyo de agua, Héctor se hubiera bañado, pero había aprendido no desear que las cosas fueran diferentes, porque ser diferente no siempre es mejor.

En sólo pocos minutos, La Gloria desapareció detrás gradualmente — el sonido de las camionetas que iban lento por los topes en el límite del pueblo, el olor a diesel, aquel chisporrotear de manteca alrededor del mercado, los gritos agudos de los niños pateando una lata por las calles y el quieto cloquear al mediodía de unas pocas gallinas cazando grillos en un patio polvoriento. Había dejado todo eso.

La monotonía de caminar una larga distancia puede ser cómoda, sabiendo que no llegarás pronto, no importa cuán grande sea el empeño, la distancia será medida en horas o en días, no en minutos. Así, Héctor cayó dentro de un paso que podía sostener un día entero o incluso en la noche si era necesario. Caminó con la cabeza inclinada hacia abajo. Un halcón ocasional voló y él vio como su sombra revoloteaba en la arena. Había huellas opacas por el constante viento pero no podía decir de un día o una semana antes porque no había llovido. Unas pocas lagartijas movieron sus cabezas al momento en que pasaba, sus gargantas rosas y pulsantes. Pero por muchos kilómetros, hasta que el sol dilató las sombras de las rocas, estuvo perdido en el silencio, en la bienvenida blancura de su mente.

Héctor se detuvo bajo la sombra de un árbol de corteza blanca que de alguna manera había sobrevivido con sus raíces profundas en la arena hacia un río que todavía corría bajo el suelo. Tomó unos cuantos sorbos de agua para ahorrar lo poco que le quedaba, rompió un pedazo de tortilla y lo masticó lentamente. La vía del tren debería estar cerca pero no había visto ningún aviso. Si cruzaba el río lo encontraría. Recordó las indicaciones de Rafael, paso por paso, y pudo ver que no había manera de que pudiera haber estado mal.

Levantó su carga sobre su hombro y comenzó de nuevo, esta vez la botella de agua se balanceaba suavemente contra su cadera al caminar, golpeándolo gentilmente. Dio la vuelta a una encorvadura en el río y sorpresivamente se detuvo, su ojo yendo hacia algo en la sombra de una saliente de piedra. Era un hombre, quizás muerto, pero no vio buitres alrededor. Héctor buscó instintivamente a través de su hombro por su machete y apretó su mango familiar mientras se acercaba unos pocos pasos. Entonces lo soltó. El hombre era un viejo. El era quien debía ser precavido pero dormía como si estuviera en su propia cama. Héctor comenzó a pasar cerca pero se detuvo y se puso de pie más cerca.

"Viejo," dijo viendo alrededor para ver si alguien más pudiera estar allí observando. Tal vez fue una trampa. "Viejo," repitió, esta vez más fuerte, y otra vez su mano fue hacia su machete. Para Héctor, su propia voz hizo eco entre la sombra del cañón como la de un extraño.

El viejo no estaba asustado pero se incorporó con una sonrisa en su rostro como si Héctor fuera su hijo y hubiera estado esperándolo a que pasara por ese camino.

Se echó sobre sus pies y preguntó, "¿Tal vez vas a Texas?"

Sin esperar a que Héctor respondiera, dijo, "Eso está bien. Viajaremos juntos. He estado allá muchas veces. Incluso en Chicago, donde mi hijo más joven ahora vive. Le pagan mucho dinero por cocinar. Es muy buen cocinero. Hace pizzas en platos. Me gustan mucho. ¿A ti?"

47

Héctor movió su cabeza sin saber qué hacer pero dijo que sí, que él estaba yendo hacia Texas para trabajar y después mandaría por su familia.

El nombre del viejo era Lupe y vivía en San Luis Potosí con su esposa e hija, una chica infortunada quien había estado enferma por mucho tiempo y nunca se hubo casado. Manejaban una tiendita en el cuarto frontal de su casa pero Lupe no trabajaba más, dejando la compra y venta a las mujeres de su familia. Sus cinco hijos se fueron a través de los años hacia los Estados Unidos y cada mes le mandaban dinero, no mucho pero lo suficiente para ahorrar para sus viajes.

"Ahora iré a verlos de nuevo. Voy cada año a Texas, después a Denver, y por último a Chicago."

Cuando él hablaba, Héctor pudo ver que sus dientes superiores se habían perdido pero sus ojos eran rápidos y no tenían secretos.

"¿Qué tan lejos está la vía?" preguntó Héctor. "La que va al norte, a Nuevo Laredo."

"¿La vía? Está allá," y rió apuntando hacia el oeste.

Una construcción para tren se extendía sobre el río vacío a no más de cien metros. Héctor también rio, complacido de haber llegado tan lejos y feliz de tener a Lupe como compañero. Le ofreció agua y Lupe la bebió ansiosamente. Su antiguo bote a agua goteaba así que planeó esperar y moverse a Nuevo Laredo en la frescura de la noche. Ya con agua, él estaba ansioso por continuar.

De sus pertenencias, Lupe sacó una bolsa de plástico y buscó en ella hasta que encontró un taco envuelto en papel periódico, engrosado por carne y frijoles. Lo partió en dos y le ofreció una mitad a Héctor. Lupe cogió la grasa que goteaba del taco y la frotó en el dorso de sus manos. Hizo señas hacia el sol y dijo que tenía la piel que todos los viejos tienen. Pero dijo esto con una carcajada como si lo descartara como una de las pequeñas molestias de la vida. Enseguida se echó a andar en un paso vigoroso dirigiendo el camino.

El campo que Rafael había descrito yacía al oeste de Nuevo Laredo, no lejos del Río Bravo, cercano a un gran hoyo donde llegaban camionetas desde temprano hasta tarde con basura. Héctor había estado allí por un día, observando y esperando mientras Lupe descansaba, y nunca antes había visto tanto de tan poco uso. Mujeres y niños seguían y buscaban entre los montículos de basura lo que las camionetas tiraban gravemente desde sus quejosas entrañas. Un poco de comida, un pedazo de ropa. Los niños escudriñaban por botellas vacías o latas que los chicos vendían.

Habían llegado a este estéril lugar, un lugar para pepenar, deseando volverse invisibles para cruzar el río. Todos soñaban sus propios sueños, unos con la fortaleza para cargarlos por cincuenta o quince mil kilómetros. Pero los sueños pueden traicionarte, pueden ser falsos. Un lugar donde pepenar antes de moverse silenciosamente por el río se había convertido para muchos en un lugar para quedarse. Algunos llegaron a caer en la trampa, inhabilitados para seguir adelante o regresar. Esposas y niños fueron abandonados, un hombre cayó con fiebre, un niño murió, la esperanza por el correcto papel de las autoridades nunca se desvanecía del todo. Las razones para quedarse eran muchas. Tal vez, algunos quedaron exhaustos de sus travesías o fueron abatidos por el calor o por su hambre. Otros quedaron desalentados por el olor de la pobreza y de la muerte que revoloteaba en el aire.

Todo eso se demostraba en sus rostros, era evidente de la manera triste en que ellos se movían. Por dos mil kilómetros, ese lugar había sido idealizado en la mente de Héctor, tomando forma de las historias que había escuchado. Antes de que él llegara y viera con sus propios ojos, el campo siempre había sido un lugar que contenía sólo promesas. Ahora, él no estaba seguro.

Lo que la gente llamaba sus hogares eran exhaustivas cabañas de muchos colores, edificadas con fragmentos de cartón y hojalata incluso latas aplanadas, ajadas por el sol a tal grado que estaban cerca del colapso. La fuente de agua, un solo grifo, apoyaba próximo a una tienda a mil metros de distancia. El constante flujo de hombres y mujeres forcejeando hacia atrás y hacia adelante, inclinados por el peso de botellas y cubetas, dejaba un rastro de polvo que era asido constantemente por el calor.

Lupe y Héctor se pusieron en cuclillas próximos a sus paquetes bajo la sombra de una enmohecida camioneta y observaron los movimientos desesperanzados de la gente.

Finalmente Héctor habló. "No nos quedaremos aquí," le dijo a Lupe. "Mi perro no se quedaría aquí, está bien sólo para los cerdos. Movámonos hacia el río. Podemos atravesarlo en la noche."

"No entiendes, mi amigo," dijo Lupe, moviendo su cabeza. "He hecho esto muchas veces y es simple si tú tienes un plan. Pero para hacer un plan debemos quedarnos por dos noches y escuchar."

"¿Para qué?" preguntó Héctor. "En una hora puedo encontrar lo que usted necesita saber — dónde cruzar, a qué hora de la noche — no puede ser así de difícil." Dijo esas palabras con impaciencia porque él había venido de tan lejos y desde aquel paraje podía ver los árboles que bordeaban el río.

"¿Quieres ir a Querétaro o a Zacatecas? Si nos atrapan, allá es adonde nos llevan. Quinientos incluso mil kilómetros hacia el sur." Y apuntó su huesudo brazo hacia esa dirección, lejos del río. La voz de Lupe temblaba mientras hablaba. "Entonces no estamos a dos días de cruzar el río, tal vez dos semanas o dos meses. Quizás nunca trataría de nuevo."

Un hombre se acercó. Era delgado sin verse hambriento. Sus ropas eran viejas pero no gastadas por el uso. Lupe jaló su paquete y se sentó sobre él.

"¿De dónde vienen?" preguntó el hombre.

Héctor miró a Lupe, pero el viejo no contestó y mantuvo sus ojos mirando hacia el suelo.

"Del sur," dijo Lupe. "Un largo camino."

"¿Van a Texas?" preguntó pero no esperó una respuesta. "Ya no es posible, no sin ayuda." Se puso en cuclillas a un lado de ellos, tratando de ver los ojos de Lupe, pero el viejo estaba observando atentamente a dos chicos pateando una lata hacia adelante y hacia atrás en la calle polvorosa.

"No obstante por unos cuantos pesos lo garantizo. Seiscientos. Lo que ustedes hacen en unos pocos días en Texas. Garantizado."

¡Seiscientos pesos! Héctor pensó que él nunca podría hacer tanto, no ahí. Tal vez en Texas, pero si estuviera en Texas entonces el dinero no sería para aquel hombre.

Finalmente Lupe dijo, "No tenemos el dinero." Enseguida miró directamente al hombre. "Y si lo tuviéramos, lo gastaríamos en una docena de noches con las señoritas antes de gastarlo en un miserable perro como tú."

El hombre se volvió hacia Héctor, luego a Lupe, y se puso de pie a sacudidas. Con una rápida patada de su bota, roció de polvo el rostro de Lupe.

Héctor no entendía. Lupe se esforzaba para ponerse de pie pero el hombre lo empujó y él se fue de espaldas sobre su paquete, perdiendo su sombrero.

Héctor sintió que sus puños se cerraban y se movió hacia el hombre más joven quien en un hábil movimiento deslizó un cuchillo de su bota. Héctor pensó en su machete todavía sobre el suelo, atrás de él, en el envoltorio, su mango negro listo para su puño. Pero recordó su promesa de no alzarlo con ira otra vez.

"Es un viejo," dijo Héctor. "No tenemos dinero."

"Le cortaré las bolas," dijo el hombre. Sus ojos estaban brillosos y ansiosos. "Entonces olvidará a las chicas.

Pero ¿por qué molestarse? Su verga es vieja y blancuzca de todas formas."

"No vivirás lo suficiente para que la tuya se ponga blanca, tu hijo de la chingada," Lupe gruñó entre dientes, todavía en el suelo.

Tal vez cuando eres viejo ya no tienes miedo, pensó Héctor. O tal vez, Lupe estaba loco.

"Mierda," dijo el hombre y dio una cuchillada al aire. "La patrulla fronteriza los tomará a ustedes primero." Deslizó su cuchillo en su bota y comenzó a ir hacia atrás. "Les diré que los busquen. Ellos son mis amigos, les compro cervezas cada noche en el bar del hotel, en Texas. Sí, les diré que busquen a un estúpido marrano viejo y a un cobarde del sur."

De nueva cuenta, Héctor pensó en su machete. El hombre lo había insultado como ningún otro se hubiera atrevido. Pero el pelear era arriesgarse a ser arrestado y eso terminaría su sueño, quizás para siempre. Así que se esforzó a estar parado sin moverse con sus manos a sus lados, mientras el hombre arrogantemente se alejaba con grandes pasos.

Héctor pensaba que Lupe estaría enojado con él porque había estado sólo de pie y observando. Pero ¿quién era el hombre para Héctor? Sólo un extraño que no le había hecho daño excepto con palabras. Héctor se mantuvo mirando atentamente hacia donde el hombre había desaparecido en la confusión de las chozas. Entonces Lupe se echó a reír con el graznar de un viejo y Héctor se volvió para verlo haciendo muecas.

"Es mucho más fácil ser viejo," dijo. "Insulto a un

joven que se lo merece y es tan satisfactorio. Todo lo que gané fue un pequeño empellón. Un hombre más joven, por supuesto, habría perdido sus testículos."

"Siento no haber ayudado," dijo Héctor. "Déjeme explicar."

Pero Lupe lo detuvo con el movimiento de su mano. "No," dijo. "Fuiste muy astuto. ¿Quién sabe quiénes podrían ser sus amigos?" Y con esta pregunta pasó su mano sobre su garganta como si fuera un cuchillo. "No hemos venido a pelear — eso, un hombre lo puede hacer más cerca de hogar — incluso con su esposa."

Rió de nuevo, un sonido que Héctor estaba esperando que viniera, uno que daba luz a su corazón cada vez que lo escuchaba.

"No," dijo Lupe, "estamos aquí por una sola razón — encontrar la forma más segura de cruzar el río. Eso es todo."

Empezó a ponerse de pie y Héctor le ofreció su mano pero él no le hizo caso. Se quitó el polvo y se alejaron, Lupe guiando otra vez, inclinado bajo el peso de su mochila. Estaban buscando algo o a alguien. Los refugios y las casas estaban en filas que semejaban a aquellas en los pueblos con calles serpenteando hacia adentro y hacia afuera sin un cierto patrón. Pero no había centro. Cada cruce de camino era como el anterior, y en cada uno Lupe se detenía unos momentos y escuchaba.

"Un vendedor que conozco viene aquí dos veces al día a vender tortillas de la tortillería de su mamá, en la ciudad. Sabe todo. Lo buscaremos." Lupe miró su reloj con su ancha correa de plata y después hacia el sol como si no confiara en lo que había visto.

"Sentémonos aquí," dijo y dejó caer su mochila al suelo, bajo la sombra próxima a una casa. Héctor se sentó sobre una roca lisa y se apoyó contra una pared que se movía con su peso.

"Podemos caminar toda la tarde y no encontrarlo," dijo Lupe, "o esperarlo aquí a que él venga hacia nosotros."

Miró a Héctor como si la elección fuera suya pero Héctor confiaba en el viejo, y además, sus botas estaban delgadas por el uso, y el calor de la arena había levantado ampollas en las plantas de sus pies. "Aquí está bien," fue todo lo que Héctor dijo.

Una mujer miró afuera entre una abertura la cual no tenía puerta y los observó fijamente, con sospecha. Lupe hizo un saludo y con una mueca le deseó una buena tarde. Le habló con una campana en su voz, la forma en que un joven se dirige a una señorita. La mujer frunció el ceño y jaló su cabeza hacia la oscuridad de la casa.

Lupe inclinó su cabeza hacia atrás y pronto estaba dormido, pero el calor y las moscas mantuvieron a Héctor alerta. O tal vez, su corazón todavía corría aprisa por ver el destello del cuchillo. El viento hizo girar el papel, cartones vacíos y envolturas de plástico en la calle. Ellos agarraban rocas o se levantaban contra un poste, después eran lanzados más lejos por el viento y acumulados en una esquina donde dos edificios se reunían. Allí eran alzados y caían un momento con el viento y finalmente eran situados en sus lugares; pronto eran cubiertos por más basura que flotaba y se deslizaba por entre las calles andrajosas.

Fue como Lupe dijo. En menos de una hora escucharon el retintín de las campanas y un hombre apareció a la vuelta de la esquina manejando una bicicleta. Un perro flaco amarillo lo seguía. Pero sólo era la mitad trasera de una bicicleta lo que manejaba. En lugar de la usual rueda delantera estaba una caja de madera, pintada de blanco y balanceada por una pequeña rueda, quizás una de un juguete. "Las tortillas de Rosa" estaba escrito con rojo en la caja, y una cadena de campanas suspendidas encima del manubrio estaba instalada de tal forma que cuando el vendedor pedaleaba, las campanas repiqueteaban con un sonido invitador.

El joven, cuyo nombre era Rubén, se detuvo cuando vio a Lupe. No dijo nada por un instante, sólo hizo muecas y movía su cabeza con incredulidad.

"Don Lupe," dijo. "Usted está aquí de nuevo. Debe ser tiempo para el rico para tomar vacaciones. Pensé que usted había muerto en el desierto y que los zopilotes habían picado sus huesos."

"Los zopilotes son muy ignorantes para molestarme," Lupe dijo. "Cuando me muevo, ellos saben que estoy vivo pero cuando estoy quieto no están seguros." Le dio a Rubén su graznido de una carcajada; se puso de pie y estrechó la mano del más joven. Después buscó entre sus bolsillos y extrajo algunas monedas. "Algunas tortillas, por favor," dijo, "con mis cumplidos a tu bella madre."

Rubén con un pequeño golpe abrió una puerta de la

caja y buscó adentro. "Para usted y su amigo, tortillas con mis cumplidos." Envolvió las tortillas en un papel café y le extendió el paquete a Lupe con una pequeña reverencia.

Lupe movió su cabeza. "Está bien, pero es de mala suerte aceptar tu regalo. Tu generosidad nos incitaría a quedarnos y nuestro destino está a muchas millas hacia el norte."

Rubén encogió sus hombros y aceptó el dinero. "Entonces, quizás pueda ayudarlos de otra manera," dijo. Observó a su alrededor, esperando hasta que dos jóvenes pasaron y sus desvanecencias se volvieron lánguidas. Enseguida se inclinó hacia Lupe y Héctor, y empezó a hablar sólo un poco más alto que un susurro.

"Vayan hacia el oeste con el río, a medio día de camino. Pasarán una casa que fue quemada y encuentren una barranca que es arcilla roja. Síganla hasta el límite del río y encontrarán muchos sauces. Crucen por dos horas antes que el sol suba, encuentren un lugar para esconderse, un lugar donde no haya caminos. Cubran una prenda — tal vez tu cobija — con arena y duerman bajo ella hasta que oscurezca. Entonces muévanse hacia el oeste y hacia el norte donde otro río se une con el Río Bravo. Síganlo. Muévanse sólo en la noche. ¿Entendieron?"

Lupe asintió. "¿Hay problemas?" preguntó. "Nuncas antes había hecho esto. No en todos mis años."

"Ahora es diferente. ¿Ven esto?" Rubén ondeó su brazo alrededor. "Todo es nuevo, no porque sea el lugar que la gente escogió para vivir, sino porque los estado-

57

unidenses tienen muchos hombres, helicópteros y perros. Ya no es fácil. Ya no es seguro."

"¿Por qué no cruzar temprano de noche y moverse
rápidamente hacia el norte?" preguntó Héctor. "En ocho
horas podríamos estar muchos kilómetros dentro de
Texas."

"Es verdad," contestó Rubén. "Pero la patrulla fronteriza y tú tienen los mismos pensamientos. Escucha lo
que dicen los coyotes y eso es lo que oirás. Pero si le
pagas a uno, uno honesto," y movió su cabeza, "te llevará por la misma ruta que te he dicho."

"Haremos lo que tú dices." La voz de Lupe era suave.
"Mañana por la noche o tal vez esta noche."

Héctor asintió, sí. Estaba ansioso de irse. Mañana
estaría en Texas. Era difícil de creer.

Rubén les deseó buena suerte y se fue manejando por
la calle; las campanas repiqueteaban incluso después de
haber doblado la esquina y quedar fuera de vista.

Lupe miró atentamente, por un largo rato, la mochila
de Héctor. Finalmente Héctor preguntó, "¿Qué está
mal? ¿Hay algo que usted necesita?"

Lupe buscó y sacó el machete de Héctor del envoltorio. "Esto no lo puedes llevar a través del río." Lo movió
de un lado a otro y la cuchilla brilló en el último sol del
día. Héctor no pudo evitar el buscar la mancha de sangre.

"No me iré sin él," replicó y lo tomó de la mano de
Lupe. "En este momento no estaría aquí si no fuera por
esto. Usted no puede entender."

"Sí," dijo Lupe, "hay muchas cosas que no puedo
entender. Pero si vamos juntos, no debes llevar este

machete." Esperó un momento pero Héctor permaneció en silencio. Entonces Lupe preguntó, "¿Cuántos gringos en Texas llevan machetes mientras caminan? ¿Cuántos? ¿Qué piensas?"

Héctor trató de visualizar a los hombres en Texas, la manera en que ellos podrían moverse hacia atrás y hacia adelante a los lados de las carreteras, pero nada apareció.

Lupe movió su cabeza. "Nunca he visto a ningún hombre cargar su machete. Para cortar árboles ellos usan máquinas," y movió sus manos con violencia hacia un lado y emitió un sonido — brrrrt. "¿Para qué necesitarían un machete? La patrulla fronteriza ve a un hombre cargando uno de esos y sabe que tienen a un mexicano — un estúpido mexicano. Los camiones regresan llenos con ellos todos los días."

Pero Lupe entendió la frustración que era mostrada en el rostro de Héctor. "No te preocupes," dijo. "Un machete es fácil de vender en México, en una ciudad como ésta," y apuntó hacia Nuevo Laredo, donde las luces ya estaban fulgurando en contra el último rosa del cielo. "Tomaremos un camión hacia la ciudad y venderemos tu machete, después encontraremos una cantina fresca y beberemos cervezas. En el mercado compraremos algunos frijoles para ir con nuestras tortillas, incluso un poco de carne para darnos fortaleza y un costal de naranjas. ¿Tienes algunos pesos?" preguntó y Héctor asintió. "Después de dejar el mercado, los cambiaremos por dólares estadounidenses. Enseguida será tiempo para regresar aquí y comenzar hacia el río." Lupe dijo eso en un sólo aliento sin darle tiempo a Héctor para interrumpir u objetar. Seguidamente agregó, "¿Estás de acuerdo?"

¿Qué podía decir Héctor? El podía moverse más rápido sin Lupe pero si él fuera descubierto, sus piernas no podían moverse lo suficientemente rápido. Por una vez, el corazón de Héctor y su mente se sintieron de la misma manera y dijo, "Sí, el plan es bueno." Lupe se volvió para guiar el camino hacia la ciudad y Héctor lo siguió sin dudarlo.

## CINCO

HECTOR Y LUPE cruzaron el Río Bravo antes de que el este fuera tocado por la luz y durmieron bajo una gruesa manta de arena en una arboleda de sauces. Hicieron una madriguera profunda como animales para encontrar la frescura y durmieron todo el día. Serpentearon hacia el norte toda esa noche, siguiendo una orilla del río, andando su camino a tientas lo más lejano de la frontera.

Casi una hora había estado una luz gris cuando dejaron caer sus mochilas para descansar. Lupe apuntó río arriba, hacia su fuente, como si estirándose él pudiera tocarla.

"Este es nuestro río," dijo. "Lo seguiremos hacia el

norte por muchos días hasta donde se une con otro, uno más caudaloso, el Nueces. Entonces estaremos cerca — a sólo un día de camino de la lechería donde mi hijo Emilio trabaja. No es difícil de encontrar porque el río hace una gran encorvadura." Al hablar, su brazo trazó un arco en el aire, la seña casi completaba un círculo.

Cargaron sus mochilas con una mano, sabiendo, sin hablar, que caminarían hasta que encontraran un tranquilo estanque, un lugar donde el río hacía una curva suave y había cortado un hoyo en la arenosa ribera. No tomó mucho tiempo. Una barra de arena se ergía del río como el zigzagueo de un sendero de una montaña y ahí hicieron su campamento. Recogieron macizos de pasto tieso de la ribera y los espacieron horizontalmente para darle suavidad a sus camas.

Héctor se quitó sus botas y las dejó a un lado de su mochila, enseguida se movió unos cuantos pasos hacia la orilla del río; retiró sus ropas de su cuerpo, sacudiendo la arena de ellas. Después se metió dentro de la ligera corriente circular de agua poco profunda, fresca todavía del aire de la noche. Flotaba cara abajo, se volvió al mismo tiempo que Lupe chapoteaba como un muchachito para reunirse con él.

No era el río de Huitupán pero cuando Héctor flotaba quietamente en la superficie, vio entre sus ojos cerrados a las mujeres de su pueblo de rodillas en la orilla del agua, restregando blusas y pantalones sobre las rocas pulidas. Entonces Leticia se deslizó por el agua para reunirse con él, su terso cabello libre de su trenza. Ella rió, el agua chapoteaba, gotas de plata se resbalaban a través de sus senos, chispeando sobre la mata entre sus piernas. Héctor se sentía que se ponía duro hasta que le dolió. Se volvió una vez más para esconder su pene hinchado y nadó coléricamente hacia el centro del río donde flotó río abajo encontrando un momento de alivio fuera de la vista de Lupe.

Más tarde, ellos lavaron sus ropas y se vistieron otra vez, la húmedad de la ropa una barrera para el calor que había empezado a caer sobre la ribera. No hicieron fuego pero estaban contentos de comer un poco de lo que habían cargado. Héctor estaba por segundo día en Texas, y un sueño profundo fácilmente lo sorprendió. Las horas pasaron con celeridad sin sueños.

Después de dos días, Lupe sintió que el peligro de ser detenidos se había aminorado y empezaron a viajar de día, moviéndose mucho más rápido. Héctor seguía a Lupe mientras mantenía invariablemente la ribera. Incluso de día, el camino era lento. Siguieron las interminables curvas, agachándose para moverse bajo las ramas que barrían la orilla. La arena profunda se metía entre sus botas. Pero ellos se quedaron abajo en la ribera, la única forma de estar a salvo.

Al caminar hacían su propio camino, sus huellas se mezclaban con las huellas entrecruzadas de los pájaros, de venados y de pequeñas criaturas de patas anchas. Localizaron las suaves curvas de los vientres de víbora en la arena y escucharon sus secos cascabeleos. Sin hablar les dieron la vuelta y las dejaron en sus solitarios lugares. El horizonte estaba vacío y por varias horas se movieron en silencio como si fueran los últimos hombres en caminar sobre la tierra.

Más tarde, Lupe le preguntó a Héctor si podía hablar en inglés porque ese idioma era necesario en Texas. Héctor replicó, "Un poco," entonces dijo, "Halloween," "Cowboys," y "Sandwich," y se sentía orgulloso.

"Te enseñaré más," dijo Lupe, "mientras viajamos al norte. Cuando era joven trabajé en El Moderno, el restorán más fino de mi ciudad. Era un mesero fino." Se detuvo un momento y se irguió. "Mi traje era negro como esta agua en una noche sin luna. El mejor mesero en San Luis Potosí — cualquiera te lo diría — por dieciocho años hasta que ahorré lo suficiente para tener mi propia tienda. Muchos gringos viajando por México se paraban por comidas finas. De ellos aprendí a hablar mucho inglés. Hablo muy bien inglés. Lo que sé lo he enseñado a mis hijos y ahora te lo enseñaré."

Pronto el vacío del desierto se llenó con sus palabras. "My name is Héctor Rabinal. What is your name? Do you have work? Thank you very much." Enseguida una completa cadena de requisiciones: "I want boots, please. I want to eat. I want one beer, please." Y así, paso a paso. Las palabras que Héctor había aprendido del padre Cota comenzaron a saltar, despertándose en su mente donde habían dormido por varios años.

Al anochecer de la cuarta noche, llegaron a las paredes de adobe de lo que una vez había sido una gran casa, un lugar donde el vestigio de un viejo camino cruzaba los bancos del río. Hicieron su campamento en el refugio de una sólida pared todavía en pie, y Héctor gastó los últimos minutos de luz caminando a través de los vestigios de las ruinas. No había nada de valor: algunas jarras rotas, unas pocas piezas secas de tablas con clavos ahora perdidos en sus agujeros, algunas herraduras oxidadas. Héctor pensó en su casa, la forma que deben ser las cenizas ennegrecidas. ¿Podrían los hermanos de Leticia reedificarla? Trató de imaginarla nueva otra vez pero sólo pudo verla ardiendo, las flamas reflejadas en los ojos de Leticia.

Esa noche, antes de que el sueño lo atrapara, trató de imaginar quién pudo haber vivido en ese lugar, el inmenso trabajo que tomó edificar semejante casa de la arcilla de la tierra, si hubiera mujeres y niños, a dónde habían ido. Todo parecía tan vano — el interminable trabajo, los sueños de los hombres. El cielo se extendía sobre él por siempre y sabía que en algún lugar sus hijos podrían estar viendo las mismas estrellas. Miró con atención dentro de la capa de blancura que golpeaba a través de la oscuridad de la noche y sintió hundirse, cayéndo por siempre antes de que sus ojos finalmente se cerraran en sueño.

Al quinto día, Lupe ocasionalmente se detenía y se movía hacia arriba del río, escalaba escudriñando un campo abandonado que bordeaba el río. Un grupo de codornices se levantó revoloteando ruidosamente a una corta distancia, enseguida ascendían de nuevo. Se agitaron por Lupe antes de que él bajara con una sonrisa burlona.

"Nos detendremos aquí," dijo, "para una pequeña siesta."

Héctor estaba agradecido por un descanso y se sentó con su espalda contra un árbol joven, el sol mascullando a través de sus hojas.

Después de unos pocos minutos, Lupe escaló de nuevo arriba de la orilla del río llevando una pieza corta de lazo. Se volvió hacia Héctor y puso un dedo sobre sus labios. Héctor estaba confundido pero permaneció allí, quieto. Entonces Lupe se tiró sobre la cumbre de la orilla, sobre el herboso límite del campo, y Héctor ya no lo pudo ver más. Para entonces Héctor ya había aceptado las formas de Lupe inclusive cuando generalmente parecían extrañas, así que cerró sus ojos y esperó, cayendo en un casi dormir.

Repentinamente, Lupe apareció de ningún lugar, deslizándose por la arenosa ribera. El lazo estaba tensamente estirado y en el otro extremo, realmente sin resistencia pero siguiéndolo de una forma descuidada, estaba un chivo joven, una cabra.

No estaba completamente maduro pero todavía era demasiado para comerse entre dos hombres. Antes de que Héctor pudiera preguntar, Lupe dio una respuesta.

"Un regalo para Emilio," dijo. "Es una fina cabra ¿estás de acuerdo?"

"¿Se llevará la cabra?" preguntó Héctor. "Todavía son muchos kilómetros ¿sí? y el camino será más lento."

"Un poco más lento, quizá," dijo, "pero esto lo hago cada año. Un regalo para mi hijo mayor."

"Pero, no es suya," dijo Héctor. "La cabra pertenece a otro hombre." Pero a Héctor no le molestaba porque sabía que un lobo o un coyote pudiera haber hecho lo mismo.

"Muchas cabras están en el campo pero ésta escogió ir conmigo. Es lo mismo cada año." Lupe miró hacia el campo. "Cuando permanezco aquí," dijo, "sólo una cabra es lo suficientemente lista para acercarse y no tener miedo. A veces, en otros años, ninguna se había acercado. Si eso ocurre, no las molesto pero me voy hacia otro campo. Siempre habrá un campo donde una cabra sabe que es mía. Este año tenemos suerte, una fina cabra y así de fácil."

La cabra estaba ansiosa de irse y Héctor encontró que le iluminaba el corazón ver a la cabra cabriolar al extremo del lazo. Cuando necesitaba pacer, ellos se detenían y el paso del camino disminuyó un poco pero parecía más fácil.

Al moverse al norte, la tierra cambió, el desierto se desvaneció atrás y los campos de maíz se mostraban altos y marchitos en cualquier lado. Las casas estaban escondidas en las arboledas, suaves en la distancia, y durante el día apenas dejaban escapar el sonido de un tráctor. En la noche, las luces de las casas a través del campo parpadeaban y el calor vivo de pueblos pequeños iluminaba el cielo. Pasaron bajo el puente de una autopista y pisaron alrededor de pilas de latas y botellas rotas, mientras carros ocasionales zumbaban sobre sus cabezas.

Las tortillas de Rubén más tres docenas del mercado fueron llevadas. A lo largo del camino dejaron un rastro de cáscaras de naranja y la pequeña bolsa que contenía la fruta quedó vacía. Cuando Héctor caminaba, sentía sus ropas deslizarse sobre sus huesos y aunque todavía estaba fuerte y podía caminar muchas millas más, todo el tiempo se sentía hambriento. Lupe había comido muy poco, pero sin comida, Héctor sabía que ellos debían hacer algo.

Lupe guió a la cabra dentro del bosque donde los matorrales eran espesos y la amarró a un pequeño árbol. La cabra levantó su cabeza y lanzó un agudo quejido al momento que se fueron, pero después se puso a trabajar en la suculencia de las hojas nuevas.

En el puente escalaron el banco, su arcilla resbaloza por una lluvia que habían seguido toda la mañana, una lluvia que había dejado estela hacia el norte hasta perderse de vista. En la cima, Lupe miró hacia la autopista y señaló una edificación cercana, a sólo cincuenta metros hacia el oeste. Un descolorido anuncio se insinuó a través del techo. Héctor lo leyó en voz alta. "The Riverside — Gas Gro Bait." Una camioneta pick-up descansaba bajo el techo entre las bombas de gasolina y la puerta, y al acercarse, Héctor vio un carro al lado del edificio gris, casi escondido por las sombras de la tarde.

Entraron, la mano de Héctor metida en su bolsillo, tomando un pequeño rollo de billetes.

"¿Puedo ayudarles, amigos?" preguntó una voz. La tienda estaba oscura y fresca. Un hombre estaba sentado sobre la caja que contenía bebidas frías, y el otro hombre, el que habló, se recargaba sobre una silla detrás de un mostrador.

Lupe habló con su mejor inglés, haciendo pequeñas reverencias de la misma manera que debió tener en sus días en el restaurante, mientras Héctor vagaba hacia la parte trasera de la tienda. El mostrador de carnes era brillante y tenía poca carne mas contenía una enorme rueda de queso amarillo que relucía como la luna de los hambrientos. En toda la tienda apenas había comida excepto en lata o en paquete. Algunos, Héctor los pudo leer, otros tenían imágenes — café, frutas, frijoles y maíz. Los precios parecían ser muy bajos pero Héctor recordó que no estaban marcados en pesos, pero sí en dólares estadounidenses. Se sintió subyugado por la extrañeza de todo y regresó con Lupe.

Tomaron un garrafón de bebida de naranja y algunas cosas para llevar. Lupe escogió un paquete de galletas, chocolate recubierto con crema suave, cuatro latas de chorizos y dos de pescado, luego tres latas de frijoles y un paquete de galletitas. Héctor estrujó un trozo de pan y lo levantó pero estaba insípido y lo devolvió.

"Es tuyo." Héctor miró alrededor y el hombre detrás del mostrador estaba de pie, gesticulándole. "Tomaste el pan y ahora lo compras," dijo. Estaba molesto con Héctor por alguna razón y se volteó al hombre que todavía estaba sentado sobre la caja de las bebidas. "Malditos Meskins," dijo, "vienen y tocan cualquier cosa de la tienda y compran cinco dólares de comestibles."

Héctor se movió hacia Lupe. El hombre señaló hacia el pan y le gritó a Héctor. "Tómalo, es tuyo. Tienes que comprarlo."

Lupe fue hacia el aparador de panes y tomó un trozo de la parte superior.

"Ese no. Aquél." El hombre meneó su dedo hacia la

derecha. Lupe tocó otro trozo y el hombre asintió con su cabeza. "Ese es." Luego se volvió hacia el otro hombre, "Malditos Meskins." El otro hombre rió y escupió dentro de una lata que estaba sobre el piso.

Héctor se movió de nuevo hacia la parte de atrás a ver el queso pero tenía miedo de preguntar. No estaba seguro sobre qué había molestado al hombre. Al fin de un pasillo, Héctor se detuvo frente a una caja de cristal que contenía una docena de cuchillos, algunos bastante largos como para hacer pedazos a una ternera, y otros más pequeños, con mangos de hueso, sus hojas abiertas hasta la mitad. Héctor trató de levantar la tapa pero estaba cerrada. Le hizo señas a Lupe. Cuando el vio los cuchillos, movió su cabeza y dijo, "Sí, son cuchillos finos."

Héctor apuntó hacia uno con una sola hoja la mitad del tamaño de su mano. El hombre vino rápidamente cargando un llavero. Héctor le preguntó cuánto costaba; el hombre contestó y ya no estaba molesto. Héctor abrió el cuchillo y lo cerró de nuevo. Lo balanceó en su mano y lo sintió bien, como deben ser todas las herramientas bien hechas.

Pagaron y se fueron. Cuando la puerta-mosquitero se cerró detrás de ellos, el hombre dijo algo que Héctor no pudo comprender y el otro sobre la caja de las bebidas se echó a reir con un enorme bufido.

Los frijoles de lata sabían extraño pero Héctor esperaba que cualquier cosa fuera de esa manera y para lo que él tenía, estaba agradecido. Mas era difícil comer frijoles sin tortillas.

Mientras comían, Lupe echaba a navegar una a una las blancas rebanadas de pan en el río, y por unos pocos minutos, observaron a las piezas danzar y romperse sobre la superficie del río al tiempo que los peces las atacaban ansiosamente.

Lupe le dio una galleta a la cabra y retomaron otra vez el río, primero caminado por la orilla del río pero después, sintiendo el suelo muy suave, moviéndose hacia la parte superior de la ribera, orillándose, quedándose en los árboles tanto tiempo como fuera posible.

Llegaron a un lugar donde el río pequeño se unía con el Nueces y Lupe dijo que debían detenerse a pesar de que el sol todavía se encontraba encima de los árboles.

"Mañana, a esta hora, estaremos allá," dijo. La cabra pacía en las jóvenes hojas de un árbol, sus patas delanteras balanceándose contra el tronco.

"¿Cómo enontraré trabajo?" preguntó Héctor. "Donde vive Emilio ¿hay mucho trabajo?"

"Si no ahí, entonces en algún otro lugar,"dijo Lupe. "Eres joven y fuerte así que no habrá problemas. Para mí es diferente. Nadie contrataría un viejo. Pero a veces, dejo una fila de piedra o reparo una pared. Un día o dos son suficientes. No necesito mucho trabajo."

Esa noche, Héctor trató de dormir pero los mosquitos estaban hambrientos y escuchó a las camionetas de alguna autopista cercana hasta casi la mañana. Sin embargo, con el sol su energía regresó. Aquel día, pensó que sería su último día de caminar quizá para siempre, porque pronto tendría un trabajo y después una pickup, una azul oscuro, y la manejaría de donde fuera.

SEIS

CUANDO EL RIO se encorvó como una herradura, ellos se detuvieron. Lupe puso su mano sobre su oreja. Escucharon. En la distancia una máquina gemió, murió, gemió de nuevo. "Chain saw," dijo Lupe, "brrrr-rrrr." Extendió sus brazos y los balanceó lentamente de izquierda a derecha. Héctor dijo, "Chain saw," entonces repitió las palabras una y otra vez. Había muchas palabras por aprender y así muchas sonaron.

Pronto vieron a un hombre en un claro de pastizales altos en suave pradera que se mostraba plana más allá del río. El hombre estaba de rodillas en la sombra de una pickup, la sierra eléctrica silenciosa sobre el suelo, a un lado. Allende él, los cerros estaban cubiertos con piedra blanca y punteados con árboles apenas más altos que la cabeza de Héctor. Un lugar como éste, pensó Héctor, quizá este suelo, sería su hogar cuando él haya trabajado y ganado mucho dinero. Miró atentamente una pieza de tierra que estaba abrigada contra una blanca pendiente. Construiría una sólida casa en aquel anaquel de roca y Leticia estaría allá con los niños o tal vez otro hijo, incluso una hija. Estarían esperándolo de regreso de su campo o quizá habría estado en alguna villa cercana, manejando su propia pickup y regresaría con semillas frescas para ser plantadas y sus bolsillos estarían llenos de regalos para todos ellos. Para Leticia un collar de piedras brillantes de una tienda estadounidense y para Tomasito un cuchillo o una pequeña linterna de tal forma que la oscuridad nunca más lo aterrorizaría. Y para Efrán un dulce, duro y dulce en envolturas que fueran suaves y brillantes.

Cuando Héctor regresó de su sueño, Lupe ya estaba a medio camino de la pickup, arrastrando a la cabra detrás de él, sin moverse como un viejo. Héctor se apuró a alcanzarlo.

Cuando el hombre vio a Lupe con la cabra, brincó sobre sus pies con una gran risa. Llamó a Lupe "Señor Lupe" y estrechó su mano por muchos minutos. Entonces Lupe se lo presentó a Héctor. "Este es el señor Herman, el patrón de Emilio," y por la suavidad de su voz, Héctor supo que el señor Herman era un buen hombre. Le ofreció su mano a Héctor. Era tosca y grande, su apretón era seguro y verdadero.

Se fueron en la pickup a la casa del señor Herman,

sólo a unos pocos cientos de metros, escondida en un bosquecito de árboles pequeños. Lupe y el otro hombre hablaban mientras Héctor escuchaba, todo el tiempo cuidando a la cabra que andaba contentamente por la parte trasera.

Parecía que el año había sido malo. Una helada tardía había matado a los jóvenes árboles frutales y el maíz no había madurado por la necesidad de lluvia. El señor Herman no pudo pagarle a Emilio y él se había ido a Denver para estar con su hermano quien tenía un buen trabajo. Sin preguntar, Héctor sabía que no habría trabajo para él. Pero Lupe preguntó por él, de cualquier forma. El señor Herman sólo miró hacia adelante y movió su cabeza como si estuviera muy cansado.

Héctor había olvidado muchas cosas. Sentarse en una silla y comer de una mesa eran parte de ser un hombre. Observó a la esposa del señor Herman — su nombre era Josie — cuando traía tazones y platos de comida a la mesa. Con ella se fabricarían dos Leticias. Todo lo que ella hablaba eran preguntas: "¿De qué parte de México eres?" Su voz era fuerte, llena de seguridad como la de un hombre. "Comitán," contestó Héctor. "Es una ciudad pequeña, lejos hacia el sur." Ella asintió. Luego "¿Es tu primera vez en Texas?" y "¿Tienes familia?" y así, hasta que Héctor se aturdió por encontrar las respuestas estadounidenses en su cabeza.

Héctor vio como comía Lupe e hizo lo mismo. Tenían pan hecho de maíz que se erguía más alto que veinte tortillas pero era muy suave. No concocía la carne mas estaba en un montón con la dulce salsa roja de los jitomates. También era suave. Entonces, ésta es la manera que comen en los Estados Unidos, pensó Héctor. A Leticia no le gustaría pero en su propia cocina ella podría cocinar a la manera antigua. Nadie tendría que saberlo.

Después de la comida se fueron a otro cuarto y la silla acogió a Héctor como el rebozo de una madre olvidada. De la comida y de los días de caminar, él se sentía pesado. El señor Herman hablaba con alguien por teléfono; la mente de Héctor se sentía como aquella de un anciano y escuchó las palabras — trabajo . . . mexicano . . . pequeño . . . sin mucho inglés — pero se confundió tratando de entender.

Lupe escuchaba a la señora Josie. Se sentó erecto en la orilla de una silla de madera y la miraba como si ninguna otra persona hubiera hablado antes con él.

El cuarto era cálido. El cuerpo de Héctor flotaba en la suavidad de la silla. Siempre hubiera estado en aquel lugar y estaría allí para siempre. Nunca se movería.

"Levántate." Héctor escuchó una voz que era extraña. Por un momento se sintió perdido. "Hey, muchacho." La voz era más alta a través del cuarto. Casi llenando el marco de una puerta, Héctor vio a un hombre con una cara parecida a la luna. "Levántate," dijo otra vez, "veamos qué tan grande eres." Héctor vio a Lupe quien asentía y hacía señas para que Héctor se levantara. Así lo hizo.

El señor Herman explicó que este hombre, quien se llamaba Tiemann, poseía muchas tierras y vacas — un rancho lo llamó — a no muchos kilómetros.

Tiemann miró con atención a Héctor. Héctor asentía y sonreía. Tiemann sacudió su cabeza. "Se hacen más enjuntos cada año," dijo. Todo el tiempo estuvo recargado en el marco de la puerta y respiraba pesadamente como si el cuarto tuviera poco aire. "¿Has trabajado con vacas?" preguntó.

Héctor miró a Lupe. Sus ojos estaban fijos en el piso pero el viejo asintió un poco su cabeza. "Sí," dijo Héctor, "he trabajado por varios años con vacas en México." Una pequeña sonrisa cruzó el rostro de Lupe.

"¿Manejas un tractor? ¿Trabajas con máquinas?"

Esta vez, la cabeza de Lupe se mantuvo quieta.

"Un poco," dijo Héctor. "Manejo un poco el tractor."

"Humph," resopló Tiemann. "Puedes o no puedes." Lucía como un hombre que se había comido una manzana muy verde. Héctor supo que no debió haber mentido.

El señor Herman dijo que tal vez él podía usar a Héctor para trabajar un día a la semana y Héctor pensó, sí, eso estaría bien. Pero la señora Josie hizo un sonido de molestia y abandonó el cuarto.

Tiemann movió su cabeza. "Eso nunca funciona," dijo. "Un hombre no puede tener dos jefes. Tú lo encontraste," dijo, volviéndose hacia el señor Herman, "tienes el primer tiro pero no comparto mis muchachos con nadie." Miró otra vez a Héctor, su respiración todavía pesada, sus ojos tan oscuros como un río después de la lluvia.

"Tú conoces a los malditos espaldas mojadas," dijo, "nos jugarán, uno en contra del otro, y la primera cosa que tú sabes es que estarán haciendo más plata de lo que nosotros hacemos."

Tiemann volteó para todos lados como si quisiera escupir, entonces se enderezó y tomó un paso hacia atrás como si estuviera a punto de irse. Le habló directamente al señor Herman, y Héctor sintió la dentellada de sus palabras. "Tuyo o mío," dijo. "No doy un carajo," y miró su reloj. El señor Herman desvió su vista hacia la cocina para ver si su esposa estaba ahí. Enseguida encogió sus hombros. "Creo que él es tuyo." Los dos hombres estrecharon sus manos.

Héctor se aproximó a Lupe y preguntó, "¿Qué hará? ¿A dónde irá?"

"A Denver, a Chicago," dijo. "Para mí no es gran problema. Un autobús me puede llevar a ver a mis hijos, todos ellos, donde sea que estén."

Luego se inclinó hacia Héctor mientras observaba a Tiemann y quietamente habló. "Cuidado, mi amigo, sé cuidadoso."

"¿Por qué? ¿Qué quiere decir?" preguntó Héctor, mas Lupe no dijo nada más.

"Vamos, muchacho," dijo Tiemann. Posteriormente se volvió hacia el señor Herman. "¿Cómo se llama él a sí mismo?" preguntó, una pregunta para que Héctor la respondiera y con su mejor inglés respondió.

"Mi nombre es Héctor Rabinal," dijo, y las palabras hicieron eco en todo el cuarto.

"Okay, Héctor Rabinal," dijo Tiemann, "tú y tus cosas van en la parte trasera de la pickup," y sacudió un pulgar hacia la puerta.

En el patio, Lupe con su pequeña reverencia dijo, "Un momento, por favor." Entonces se volvió hacia Héctor. "Mi amigo, tú debes quedarte con la cabra porque en los Estados Unidos no sería posible llevarla. Los autobuses, ves, son diferentes aquí."

Héctor miró a Tiemann para ver qué podía decir y si él, su nuevo patrón, le daba permiso para llevarse a la cabra.

Tiemann no miró a Héctor mas movió su cabeza y le habló al señor Herman. "Malditos Meskins y sus cabras," dijo. Después se volvió hacia Héctor. "Okay, pero mantén a esa jodida cabra fuera de mi cabello, ¿entendido?"

Eso molestó a Héctor, pero Lupe dijo, "El no dijo que no, así que llévatela." Así lo hizo Héctor.

La parte trasera de la pickup estaba húmeda por el aire de la noche, sin embargo el aire estaba fresco, moviéndose gentilmente desde el sur. Héctor aspiró profundos suspiros sabiendo que por algún milagro, ese aire podría haber sido exhalado por Leticia semanas antes.

La pickup se puso en marcha. Héctor cerró sus ojos y olió el aire deseando encontrar algo familiar. No había nada excepto el olor de la cabra que estaba parada patiabierta al lado de él. Eso y la acedía de su propio cuerpo.

## SIETE

MI QUERIDA LETICIA,
Mis hijos para quienes mi terneza no conoce fin,

Al fin estoy escribiendo porque finalmente me siento
seguro y porque estaré en un lugar lo bastante para que
tú me puedas responder, por el amor de Dios. Confío en
que estés con tu hermano Adolfo y su buena familia y
que las autoridades no hagan sufrir a la inocente esposa
de un hombre quien ha pecado contra el estado. No
contra Dios porque un hombre no tiene elección excepto para defender su hogar y el dios de mi padre, estoy
confiado, me perdonará cualquier acto cometido para

honrar y proteger a mi familia. Pero por tu pesar y sufrimiento pido perdón.

Hoy es domingo, en algún lugar del mes de septiembre. Sé que es domingo no porque haya escuchado las campanas de la iglesia llamándome a misa, porque el rancho (el cual es muy grande y pertenece a un hombre cuyo nombre es Tiemann — sí, todos los nombres en Texas son extraños) está lejos de cualquier iglesia o pueblo, mas sé que es domingo porque he trabajado sólo medio día y la tarde es mía.

Mi casa es un trailer con ruedas, sin embargo las ruedas están podridas y no han rodado por muchos años. El trailer es pequeño pero para mí es más que suficiente. No es una casa que reconozcas. Las paredes no transpiran y el aire adentro siempre es viejo. La mayoría de las noches escojo dormir afuera sobre la dureza del suelo que es mucho mejor que estarse cociendo dentro del horno de mi casa. Pero cuando las lluvias que caen se embalan por su techo, está seca y por eso estoy agradecido. El agua que bebo y con la que me lavo viene fácilmente a través de un tubo a no más de veinte pasos. Todo sería más fácil para ti y cada preocupación que tuvieras se borraría como gis en el pizarrón del padre Cota. ¿Hay algún aviso sobre el padre Cota? En Altomirano, en México, donde él ahora vive lo visité, y en este momento mi alma está limpia. Por sus buenos favores (y por los del dios de mi padre) estoy aquí, en los Estados Unidos. No tengas miedo. El padre Cota me dijo que no hay otro camino.

Tomasito, mi hijo, tu padre pronto sabrá como manejar un tractor y quizá pronto una pickup. Hay muchas cosas que aprender y te enseñaré todo cuando estés otra vez conmigo.

Mi patrón me compró dos sacos el primer día: uno lleno con frijoles secos del color de la tierra que está cercana a Chajul, no negros como nuestros frijoles, y el otro con harina que se resbala blanca y suave entre mis dedos. He preguntado por maíz pero mi patrón está muy ocupado y un hombre importante olvida muchas cosas. Pero, esto es importante, pronto seré rico, cada uno en este lugar tiene muchas cosas y con mi dinero mandaré por ustedes, mi amada esposa y mis estimados hijos. No tengan tristeza porque pronto estaremos unidos de nuevo.

Con calurosos abrazos,
Héctor Rabinal

## OCHO

DESPUÉS de haber tomado su comida de tortillas y frijoles, Héctor alimentó a Chivito — así era como había nombrado al chivo — vagando lentamente de un lugar a otro en la oscuridad, dejándolo pacer. La cuerda no estaba muy larga, y aunque cada día Héctor ponía la estaca de Chivito en un nuevo lugar, el suelo alrededor del trailer que era su nuevo hogar había quedado gastado por los mordiscos.

Mientras Chivito parceaba, Héctor le hablaba con el lenguaje de su padre y el chivo entendió. Héctor le habló de su finca, de cuán rico era el suelo de ceniza volcánica, de como dejaba caer los frijoles dentro de un oscuro surco y al llegar al final del surco volteaba a ver las primeras semillas brotar. Chivito creía todo lo que Héctor le decía.

Le dijo al chivo como Leticia, cuando era joven, le dio permiso a Héctor para ver como se bañaba en el río, en primer lugar pretendiendo que no sabía que él estaba en los árboles, y más tarde de como ella lo tomaba hacia el río y de como la luz de la luna nadaba a través de su piel, y la manera que sabía su cabello mojado en su hambrienta boca. Tomasito fue concebido en un tranquilo estanque de aquel río. El agua es un regalo y devuelve la vida de muchas maneras. Chivito comía y escuchaba. Entendía. Era muy inteligente y mantenía lejos a las víboras de cascabel.

Mientras había luz, Héctor no podía ver la casa de Tiemann por los árboles, pero en la noche las luces resplandecían entre las hojas. La primera vez que vio la casa brillando en la noche, Héctor no pudo evitar ver el fuego que consumió su propio hogar. Por semanas revivió ese fuego pero no más. Algunas noches se paraba en las sombras de la casa de su patrón y miraba como bebía Tiemann su cerveza y veía atentamente las relampagueantes historias de la televisión. La mayoría de las noches, Héctor observaba hasta que la casa se oscurecía, entonces se recostaba junto a Chivito y seguía a las pequeñas luces rojas que giraban alrededor del cielo.

Cada mañana, Tiemann manejaba su pickup justo con la luz. Llevaba a Héctor dentro de un cañón donde las tuyas crecían espesas. Puesto que Héctor no tenía herramientas con las cuales realizar su trabajo, Tiemann le rentó una hacha con dos hojas y una lima para mantenerla filosa. Todo el día cortaba postes para cercas. Los postes debían estar derechos y de la longitud de tres mangos de hacha. Héctor tenía que cortar veinte cada día o no sería pagado. Sólo dos días Héctor había cortado menos de ese número y fue cuando la hacha estaba nueva en sus manos.

Antes de que oscureciera, Tiemann venía y juntos cargaban los postes en su camioneta. La resina de los postes se había pegado a los brazos de Héctor y las tuyas secas habían mojado su espalda como lluvia seca. Picaba entre su playera empapada en sudor y se volvía mate en su cabello.

Los sábados, al final del día, era diferente. Después de que los postes eran cargados y salían del cañón, Tiemann le daba una cerveza fría a Héctor. La sorbía lentamente acabándola cada vez con pesadumbre mucho después de que Tiemann lo había dejado en el trailer, saboreando su última amargura caliente mientras seguía a Chivito alrededor del campo oscuro.

Aquellas noches, de la casa de Tiemann, él escuchaba los sonidos del sábado, varias voces, altas con carcajadas, y olía la carne cocerse sobre un fuego. Y en aquellas noches Héctor estaba lo bastante solo para llorar en la noche. Sí, así de solo. Pero él no lo hacía y estaba agradecido de que la debilidad de su cuerpo forzaba a su mente dormir.

Un día, la pickup no llevó a Héctor hasta el cañón, sino que lo llevó hacia un pueblo llamado White Hills y hacia otra granja. Allí un campo estaba alineado con pacas y pacas de pasto. Hombres trabajaban una máquina la cual engullía líneas de pasto y enseguida dejaba caer las pacas atrás, amarradas y verdes. Tiemann manejó la camioneta entre el campo mientras Héctor ponía atrás las pesadas pacas.

Cuando las pacas hubieron formado una pila de seis pacas de alto en la camioneta, Tiemann se detuvo a platicar con el patrón de la granja y Héctor esperó bajo la sombra del heno. Los dos hombres reían y discutían al mismo tiempo como si fueran amigos y enemigos. Uno de los ayudantes, cuyo nombre era Roberto, vino hacia Héctor mientras esperaba. Preguntó, "¿Cuánto llevas trabajando para Tiemann?" como si conociera muy bien al patrón de Héctor.

"Casi seis semanas," le dijo Héctor.

"¿Cuánto paga?" preguntó Roberto y le dijo a Héctor que ganaba quince dólares por día. También le dijo que él vivía en un gran trailer sólo con su hermano, que su patrón les daba pollos y huevos, y que tenían un pequeño jardín destinado para chiles y jitomates.

"¿Cuánto te paga a ti?" preguntó de nuevo. Héctor se sintió como un muchacho cuyo padre está a punto de regañarlo por ser un tonto en la escuela. Porque Héctor nunca había preguntado. Estaba agradecido por el trabajo, la seguridad y la comida. ¿Para qué necesitaba el dinero? ¿Cuáles habían sido sus elecciones? Tiemann pagaría cuando Héctor le preguntara o cuando él se fuera. Era muy opulento. Ese no era problema, pero Héctor no le contó estas cosas a Roberto porque sabía que él no las comprendería y podía ser que se burlara de él, pensando que era un tonto.

Así que Héctor simplemente dijo, "Casi lo mismo. Sí, lo mismo, más o menos. Mi patrón es muy justo. Es un hombre de honor."

Roberto rió. "He conocido a muchos como tú quienes trabajaban para Tiemann. Nunca antes alguien lo ha llamado un hombre justo. Seis semanas," dijo Roberto, "seis semanas es mucho tiempo para trabajar como un esclavo."

"¿Un esclavo?" preguntó Héctor. "Yo no soy esclavo de nadie. ¿Qué quieres decir?"

Antes de que Roberto pudiera contestar, la voz de Tiemann estalló sobre el campo. "¡Héctor! ¡Vámonos! Vamos a seguirle." Tiemann se volvió hacia su amigo. "Malditos espaldas mojadas, estarían platicando todo el día si los dejaras."

Héctor volteó a ver a Roberto alejarse. "Cuidado," dijo suavemente, "sé cuidadoso, mi amigo."

En el camino de regreso, Héctor quiso preguntar acerca de su paga, pero Tiemann estaba quejándose sobre el costo del heno, de como su amigo quien poseía la pradera no era su verdadero amigo y de como este año todos sus alumbramientos habían sido débiles y faltos de crecimiento por la sequía. Héctor poseía la inteligencia para saber que era tiempo para escuchar, no para preguntar; así que él sólo escuchó, asintió y no habló. Héctor comprendió que Tiemann era sólo un hombre, más o menos como él, solamente que sus problemas eran diferentes.

Se detuvieron en una tienda en el pueblo. "Super S," el aviso de arriba decía. Tiemann hizo señas a Héctor para que se quedara dentro de la camioneta y así lo hizo porque sabía que era un ilegal y uno nunca sabe donde podría estar la patrulla fronteriza.

La tienda tenía muchos consumidores. Héctor los observó ir y venir. Algunos parecían ser mexicanos y Héctor pensó que quizá ellos podrían ser amigos alguna vez, cuando su familia haya venido a Texas. Tal vez, él podría obtener los papeles. Podía hacerse porque Lupe le había dicho sobre eso.

Una mujer cargando dos bolsas de víveres abandonó la tienda viendo sobre su hombro, de un lado y luego a otro, sobre sus dos niños, regañándolos para que se quedaran junto a ella y tuvieran cuidado con los automóviles. Casi tenía la edad de Leticia pero era más alta y caminaba de una manera diferente, más recia y segura, así parecía. Héctor quiso ayudarla con las bolsas o con sus hijos. Era bonita. Quizá, pensó, su marido estaba en Denver o en Chicago, y estaba sola. Sus senos apretaban contra las bolsas y su falda estaba muy ajustada por sus muslos. Héctor sintió hinchar sus ingles. Quería a Leticia pero en ese preciso momento quería que aquella mujer extraña estuviera con él más que cualquier otra cosa. En ese momento no le importaba nada más, ni siquiera la patrulla fronteriza, Tiemann, o incluso regresar a su hogar. Quería estar solo con aquella mujer extraña.

Tiemann se salió, empujando la puerta y cargando una bolsa; caminó a un lado de la mujer como si ella no estuviera ahí. Le dio a Héctor por la ventana una lata de bebida de naranja. Héctor murmuró un gracias y sintió un sentimiento de alivio, uno de haber sido rescatado, posiblemente de su propia debilidad. Descansó sus brazos sobre su regazo y sintió el latido de su ferocidad, y estaba apenado y enojado. No sabía el por qué de su enojo.

Esa tarde, Héctor quitó la mala yerba del jardín de flores de la señora Tiemann. Era muy orgullosa y muy cuidadosa y pensaba que Héctor no podía saber la diferencia entre un hierbajo y una flor. Héctor escuchó pacientemente lo que ella decía, siguiéndola alrededor del jardín. Era una mujer grande con ásperas manos rojas y con pies tan hinchados que usaba pantuflas para cualquier lugar. Su cabello estaba torcido alrededor de tubos rosas y nunca sonreía, como si el sonreír rompiera la dureza de su rostro. Pero más tarde le llevó a Héctor una jarra con agua y hielos. Héctor sabía que beber agua fría mientras se está caliente debilita el cuerpo, mas la bebió agradecido.

Héctor preguntó si quizá podría haber una carta para él porque habían pasado varias semanas desde que le escribió a Leticia. La señora lo miró y por un momento su rostro cambió un poco, como si tuviera alguna pequeña tristeza dentro. Pero le dijo que no, no había una carta para él y se fue.

Los jardines estaban limpios de mala hierba antes del oscurecer. Héctor había rastrillado toda la tierra en una sola dirección y barrió el camino de piedras que guiaba hacia el granero. Estaba complacido por un día de no cortar postes de tuya. Tiemann se detuvo por ahí y con un gruñido le dijo que tomase la pila de hierbas detrás del granero y que después se podía ir. "No conseguiste tus veinte postes del día," dijo con una carcajada y Héctor rió también por su broma. Antes de que Héctor se retirara, y mientras que Tiemann estaba en el granero, su esposa le llevó una bolsa. Miró atentamente alrededor para ver a Tiemann y puso un dedo sobre sus labios. "Esto es para ti," dijo. "Hiciste un buen trabajo. Ahora vete."

Dentro del trailer, Héctor vació la bolsa, una cosa a la vez. Un tarro de café molido, una gorda tira de chorizo, un puñado de delgados pimientos marrón y barras de mantequilla. Para una sola noche, uno no podría comer mejor. Si Roberto estuviera, él vería. Héctor Rabinal estaba viviendo una buena vida.

Esa noche, Chivito lo jaló alrededor del campo con su lazo. Ahora estaba más grande, casi maduro y ya no contento de estar en un solo lugar. Las manos de Héctor estaban débiles, su mente estaba descansada. En aquel momento, en esa noche texana llena de estrellas, tuvo satisfacción por primera vez en muchos meses.

"Señor Tiemann," Héctor preguntó a la mañana siguiente, y aun la forma en que comenzó la pregunta produjo una nube sobre el rostro de Tiemann. Estaban saltando a lo largo del sinuoso camino del cañón de tuyas y sin importar que la noche pasada Héctor había dormido fácilmente, despertó con muchos pensamientos. Tiemann miró rápidamente a Héctor y después hacia adelante.

"¿Puede usted, por favor, decirme acerca de mi paga? Sé que es un hombre justo pero necesito saber cuántos dólares serán de mi paga. Muchas cosas importantes dependen de ello."

"¿Estás planeando irte?" preguntó Tiemann. "Eso es lo que me imaginé. Para cuando te entreno para hacer un día de trabajo, tú te vas. Ustedes muchachos, no parece que se queden en un lugar lo suficiente como para hacer algo bueno."

"No," dijo Héctor, "no entiende. Estoy contento de quedarme aquí y trabajar. Quizá pueda manejar mejor un tractor y aprender mucho de usted. Pero necesito saber sobre la paga."

"Bien," dijo Tiemann, guiando la pickup hacia una parada. "El pago es justo pero no es tan simple. Me das algunos días y yo lo dispongo. La mayoría de las veces espero hasta que el muchacho esté listo para irse y le pago. Es más seguro de esa manera. Hay muchas tentaciones aquí en Texas para los mexicanos, tú sabes."

Héctor se bajó de la camioneta con su hacha y un garrafón de agua. Pero por un minuto no cerró la puerta. "Unos pocos días no harán una gran diferencia," dijo. "Tengo mucha paciencia pero soy un hombre y un hombre necesita saber su paga."

"Okay, te escucho," dijo Tiemann y se estiró para cerrar la puerta. "Dije unos pocos días. Te lo haré saber pero por ahora estoy cansado de tus malditas quejas. Si no eres feliz aquí, nadie te detiene. Si sabes de un trato mejor, lo puedes tomar. Me importa un carajo. Mojados, de cualquier forma se multiplican como enjambres, abundan como un montón de hormigas rojas."

Ese día, la hacha de Héctor se movió por si sola y una

tuya cayó como tallo seco de maíz. Cuando Tiemann llegó por él, los postes eran muchos para apilar en la parte trasera de la camioneta.

"Ya era hora que hicieras un día de trabajo," Tiemann gruñó, pero Héctor sabía que estaba sorprendido por el número de postes.

El domingo, Héctor cortó postes hasta que el sol estuvo en lo alto y se detuvo unos pocos minutos para descansar y comer sus frijoles envueltos en tortillas. La tarde de los domingos estaba libre para lavar sus ropas o dormir, o para poner a remojar los frijoles y hacer tortillas para la próxima semana. Esperó bajo la sombra de una saliente de piedra cáliza hasta que Tiemann zumbara por el camino del cañón y pronto cayó dormido. Más tarde, cuando despertó por el alboroto de un gallo azul, Tiemann todavía no había llegado. Era domingo, Héctor estaba seguro. Marcaba cada día que pasaba. Así que dejó la pila de postes y caminó fuera del río que estaba en el fondo. El clima había empezado a refrescar y no le importó. No estaba más lejos de lo que caminaba en Huitupan.

Desde su trailer, Héctor pudo escuchar las risas y la voz alta en la casa de Tiemann. Tiemann y sus amigos tenían muchas fiestas y Héctor suspiraba por estar con sus amigos y con su familia, sentados a un lado del río, viendo a sus hijos jugar en el agua. Leticia estaría cocinando una cazuela de guisado, y un garrafón de posh o incluso algunas cervezas de Chajul estarían enfriándose en el río.

Sacudió la mugre de su camisa y se inclinó para dejar

que el agua del grifo corriera sobre su cabeza. Llenó una cubeta para Chivito y la llevó hacia la sombra de un roble donde había amarrado a la cabra esa mañana. Chivito no estaba ahí.

Es una cabra mala, pensó Héctor, siempre quiere estar donde no debe, como yo. No estamos en nuestros lugares correctos. Por eso somos amigos.

Héctor le chifló a Chivito porque la cabra conocía el sonido que él hacía y contestaba a pesar de que no siempre venía. Todo lo que Héctor pudo escuchar era la fiesta en casa de Tiemann. Hizo un círculo entre los arbustos, buscando respuestas, llamando, "Floja ¿dónde estás?"

Tiemann estaba en la parte trasera de su casa. El y dos amigos estaban sentados en las sillas de metal que oscilaban. Tomaban cerveza y reían. Sus palabras iban todas juntas. Por qué los estadounidenses hablan tan rápido, se preguntó Héctor. La señora Tiemann salió de la casa con más cerveza. Ella también estaba bebiendo de la botella como si fuera un hombre.

Héctor se quitó su sobrero al momento que se les acercaba. Se detuvo a la orilla del jardín de flores y estuvo de pie por unos minutos. Estaba quieto y ellos no lo veían. Finalmente, la señora Tiemann se dio cuenta de su presencia y tocó a su marido en el hombro. Enseguida se fue. Tiemann dijo algo a los otros hombres. Bebieron sus cervezas y miraron. A Héctor no le gustó la manera en que lo miraban. Usaban gorras como si no fueran viejos, como si todavía fueran muchachos que juegan béisbol.

"Señor Tiemann," Héctor dijo. Sostenía su sobrero detrás de él. "Mi chivo ¿lo ha visto?"

Tiemann puso mala cara y movió su cabeza. "¿Ves una cabra por aquí?" le preguntó a Héctor, quien volteó a ver alrededor. "Ustedes muchachos ¿vieron una cabra caminando por aquí, en cualquier lugar?"

Sus amigos se rieron y movieron sus cabezas. Uno de ellos apretó su lata de cerveza con una mano como si se debiera ser fuerte para hacerlo. Pero Héctor lo sabía mejor.

"Las malditas cabras tienen una forma para desaparecer," dijo Tiemann. Entonces se levantó y se movió hacia una caja de metal sobre ruedas. Levantó la cubierta y el humo hizo un pequeño torbellino. Volteó la carne cocida sobre la parilla y bajó la cubierta.

"Te dije que mantuvieras a tu maldita cabra lejos de las flores de mi vieja," dijo Tiemann. "Un maldito estorbo, eso era todo lo que era."

Entonces un amigo de Tiemann dijo, "Una cabra sólo está esperando ser cabrito."

La señora Tiemann estaba a un lado y Héctor la miró. Ella dio un sorbo a su cerveza, seguidamente miró hacia el pasto, moviendo algo con el dedo del pie. Todos estaban quietos, esperando.

Entonces Tiemann dijo, "Okay, te pagaré por la maldita cabra." Alcanzó su cartera y sacó algunos billetes.

"La cabra era mía," dijo Héctor. "Era mía para alimentarla, para cuidarla; era mía para matarla y comerla. También sé que un cabrito es fino para comer. Lo he comido muchas veces. Y esta cabra también la habría matado, la habría comido y estaría agradecido. Pero no era para que usted lo hiciera, era para mí."

96

"Demonios, muchacho, era sólo una cabra," Tiemann dijo, y se estiró hacia la hielera detrás de él. "Ten, aquí hay una cerveza."

Por un momento Héctor pensó no en la cerveza que Tiemann sostenía sino en su machete. Pero solamente por un instante. Dijo que no y se volteó, caminando hasta que los árboles lo ocultaron. Después corrió el resto del camino hacia su trailer.

A Héctor le tomó pocos minutos para recoger sus cosas. Su camisa todavía estaba húmeda pero se la puso. Envolvió los frijoles que quedaban con las tortillas y llenó su garrafón con agua.

Cuando llegó a la orilla del patio, Tiemann estaba esperando. Sacó de su bolsillo un rollo de billetes. Sus amigos hablaban tranquilamente y observaban. La señora Tiemann no estaba en ningún lado.

"Me imaginé que te irías," dijo Tiemann. "Te lo podría asegurar por la forma en que me hablaste el otro día. Toma esto," dijo. "Lo dispuse la noche pasada." Le alcanzó el dinero y dijo, "Estamos a mano," y uno de los hombres rió.

"¿Cuánto?" preguntó Héctor.

Tiemann sacó un papel que había escrito y lo leyó. Sus palabras eran rápidas pero Héctor escuchó todo.

"Doce dólares por un día, menos tres por día por la renta, menos tres diarios por víveres, menos cincuenta centavos diarios por el hacha. El agua y la luz son gratis. Menos cuatro días que no obtuviste la cuota. En total ciento sesenta dólares."

Héctor lo contó todo y trató de delinear si estaba correcto. ¿Cuántos quetzales serían en Guatemala? ¿Cuántos pesos en México? ¿Podría ser eso suficiente para que Leticia viniera a Texas? Quizá ¿suficiente para comenzar una casa? ¿Se reiría Roberto si pudiera ver tan poco? Héctor no tenía la forma de saberlo. Sólo quería irse. Pero ¿a dónde iría? Se volvió y se fue caminando. Tiemann bufaba como un caballo. Héctor escuchó los irritados sonidos de las cervezas al abrirse. Nunca volteó a mirar.

## NUEVE

TODO lo que sabía era ir hacia el sur. Más cerca de México, un lugar donde los ritmos y los sonidos de la gente lo abrazarían. Alguien allá lo ayudaría. Leticia no habría vivido en un lugar donde su marido no era tratado como un hombre. Más cerca de la frontera encontraría una forma más decente de vivir. Todavía era Texas, todavía los Estados Unidos, y habría mucho dinero para que Héctor lo ganara. Los dólares de Tiemann estaban en el fondo de su bota y con cada paso presionaban su pantorilla, le recordaban el por qué estaba allí.

El camino de regreso río abajo fue fácil pero los días fueron extraños, como días sin calendario, mas tenían que ser sumados, días que no contarían en los días de su vida. Cualquier cosa que pasaba era familiar — había visto todo antes — sin embargo esta vez se movía como un extraño para su cuerpo, casi deslizándose a través de la piel de la tierra.

Cuando alargó la mano pudo introducirla dentro de los frágiles corazones de los árboles. Las cabras en los campos solamente eran círculos de huesos blanquecinos y pudo ver por la negrura de las alas de los zopilotes al mismo tiempo que volaban en círculos.

En la noche su cuerpo se sumergió en el suelo y voces de abajo le hablaron en la lengua de su padre. Cuando se despertó un círculo de rocas lo rodeaba. Fuego saltaba de las ramitas que recogió al tiempo que las apilaba. Las tortillas en su paquete olían a humo, como aquel de su casa cuando ardió. El pasto que arrancó para su cama nocturna virtió lágrimas y en la mañana se despertó con el olor de la humedad del cabello de Leticia, pero estaba solo.

Héctor encontró más simple moverse hacia el sur, la dirección de su hogar, que hacia el norte. Tener dólares estadounidenses no era una cosa mala. Había tanto que comprar. Incluso en las más pequeñas tiendas rurales vagaría los pasillos de arriba hacia abajo, sin creer demasiado en las variadas opciones. En una tienda no podía encontrar nada que no estuviera fuera de un paquete. Ni siquiera una calabaza, un chile o un huevo. Compró pequeños pasteles que eran dulces y oscurecidos con chocolate. Dentro de cada uno, Héctor encontraba crema dulce batida. Costaban mucho pero los comía diario.

Después de seis días, el río se ensanchó, la tierra se hizo plana y supo que estaba cerca de Laredo. A lo largo de la dura superficie de la carretera, las pickups estaban llenas de mexicanos yendo y viniendo de los campos de cebolla, lechuga y algodón. Otras plantas que él no conocía. Cada uno tenía una pickup o un automóvil. Incluso mujeres los manejaban. La música de sus radios se le lanzaba más fuerte que las máquinas de los coches.

Héctor Rabinal era el único hombre que caminaba en Texas.

En la gasolinera donde el flujo de pickups paraba, preguntó por trabajo. El hombre le dijo que hablara con los otros mexicanos que se detenían por ahí. Lo hizo pero no fue fácil. Los hombres, se podría asegurar, tenían miedo de los desconocidos, temiendo que Héctor pudiera tomar el trabajo de ellos, de sus hermanos o de sus primos.

Entonces Héctor se puso de cuclillas bajo la sombra de la construcción y esperó. Estudiaba los rostros de los choferes que pasaban. Trataba de imaginar de dónde venían, si ellos dejaron atrás a sus madres o hermanos, cuántos días les había tomado para encontrar trabajo. Y cuánto tiempo antes de poseer sus flamantes pickups.

Era tarde pero aún no oscurecía cuando una mujer llegó. Su pickup parecía flotar suavemente y era del color de una rosa. Héctor nunca había visto una pickup de ese color, terso y rosa como los labios de una mujer bella. La mujer se movió hacia la tienda, y Héctor observaba silenciosamente. Usaba overol sobre una playera rosa y un pañuelo rosa ceñía su cabello hacia atrás en una larga cola. Su piel era pálida y brillaba con el último sol del día. No era joven, su cabello tenía rayas grises y su piel había visto muchos años de sol, mas se movía rápidamente como si todavía fuera una señorita.

Si su marido hubiera estado ahí, Héctor habría preguntado por trabajo. Tal vez, ella tenía un jardín con enredaderas doblegadas de jitomate o papas sin ser excavadas, o maíz con granos duros y relucientes listos para quitar el hollejo y separar los granos para el invierno, y los frijoles, tal vez, secos y rajados en sus frágiles enredaderas. O plantas jóvenes que florecerían en las noches frescas, coles para la sopa, calabaza de invierno, incluso cilantro.

O tal vez su marido era rico y tenía un tractor, uno naranja o rojo, el cual Héctor podría manejar para romper la tierra de su enorme campo. O podría trasquilar a las ovejas del hombre, vigilar sus cabras. La mujer le mandaría sus cartas a Leticia y quizá le enseñaría un mejor inglés de tal manera que nunca más habría paquetes misteriosos en las tiendas o avisos enigmáticos en las carreteras.

La mujer salió cargando una bolsa que estaba llena. El hombre de la tienda estaba con ella. Le hizo señas a Héctor. Ven, decía su mano, y Héctor echó sobre sus pasos.

La mujer le preguntó su nombre y él se lo dijo. Le extendió su mano como si fuera un hombre. Tomó la mano de Héctor y después de un firme apretón la dejó. Su nombre era Bonnie, un nombre extraño, para algún santo poco conocido, quizá. Héctor no sabía.

La señora Bonnie hablaba la lengua de un mexicano con el hombre de la tienda, muy rápidamente. Al hablar movía su mano como el aleteo de las alas de un pajarillo. Tres brazaletes de plata envolvían su muñeca y se deslizaban hacia arriba y hacia abajo al hablar.

"Así que quieres trabajo," dijo. Sus ojos recogieron a Héctor en su mente. "¿De dónde eres? ¿A dónde vas? ¿Qué sabes hacer?" Sus preguntas asaltaron a Héctor al mismo tiempo.

"He trabajado en el norte," dijo Héctor, "en un rancho muy bueno a muchos kilómetros de aquí. Este lugar, Laredo, será mi hogar si encuentro un buen trabajo, de alguien que sea justo."

"Y ¿de dónde vienes?" preguntó otra vez como si le importara y apuntó hacia el sur, a través del río.

Por ese interés Héctor estaba agradecido, porque a él le importaba de donde venía. "Mi familia — mi esposa, mis hijos — viven lejos hacia el sur." Al hablar, Héctor movía su brazo en dirección de México, más allá de México. Pero ella no podría haberlo sabido. Héctor no había mentido. No habría querido que ella fuera deshonesta con él. Había habido más deshonestidad de la suficiente.

Preguntó si Héctor podía hacer jardinería, si podía operar la máquina que corta el pasto y si podía pintar una casa.

Héctor contestó a todo que sí.

La señora Bonnie asintió y dijo adiós al encargado de

la tienda. Héctor puso su envoltorio en su pickup del color de una rosa y empezó a subir por la puerta trasera. Pero la señora Bonnie dijo, "No, aquí arriba." Miró hacia el paquete. "¿Es todo?" preguntó.

"Todo," dijo Héctor.

"Entonces vámonos," dijo.

Mientras la señora Bonnie cargaba la bolsa con víveres dentro de su casa, Héctor esperaba enfrente del patio. Estaba lleno de preguntas e incertidumbre. ¿Debió haber pedido que cargara la bolsa por ella? No estaba muy pesada. Pero ¿debió haberlo hecho? Tiemann le había dicho que nunca entrara a su casa. Mas ella no era Tiemann. Muchísimo para aprender.

Observaría. Aprendería rápidamente.

¿Dónde estaba su marido, o su madre, sus hermanos o sus hijos? Ninguna mujer podría vivir sola, pensó. Pero sólo el día anterior habría dicho que ninguna mujer manejaría una pickup color de una rosa y usar el overol de un hombre. Entonces, ¿quién podría saber?

La casa de la señora Bonnie era espléndida. El techo de tejas resplandecía rojo del barro de la tierra. Las paredes estaban hechas de adobe y paja, estaban sólidamente de pie. Sus hendiduras no eran profundas. Las ventanas eran chicas pero todas de cristal. La casa tenía cuatro o tal vez cinco cuartos, suficiente para dos o más familias. La puerta de enfrente era sólida y pintada el azul de piedras preciosas. El suelo estaba cubierto por pasto, pequeño y fino como el pelo de un gato, del tipo que tenía la señora Tiemann. El tipo de pasto, cuando era cortado, que Chivito podía oler desde el trailer de Héctor.

Quizás podría tener otro Chivito aquí. La máquina para cortar pasto no sería entonces necesaria. El vería.

La señora Bonnie salió por detrás de la casa e hizo señas a Héctor para que viniera. En el fondo, plantas y jardines estaban en todas partes. El sol se había ido, el aire estaba quieto y fresco, unas mariposillas nocturnas aleteaban de flor en flor inestables en la austera luz del pórtico de atrás.

La señora Bonnie esperó en la puerta de una pequeña casa que estaba treinta pasos atrás de la suya, tomando la puerta abierta. "Esto tendrá que ser suficiente," dijo, como si se disculpara de darle a Héctor un lugar donde dormir.

Estaba oscura cuando Héctor se metió, pero ella tocó un interruptor y un solo foco en el techo alumbró el cuarto. Una cama que se sostenía por cuatro patas largas estaba en una esquina. Héctor la tocó y la sintió llena de plumas. Una estufa, una alcantarilla y un tanque para el agua caliente estaban alineados contra una pared. Un refrigerador zumbaba en la otra esquina. El piso era suave, duro y limpio. El techo era blanco y sin grietas. Tres paredes tenían ventanas de cristal. La señora Bonnie abrió una de ellas. Se deslizó fácilmente y la apoyó sobre una delgada vara. Ella abrió la otra puerta y Héctor pudo ver que había un baño. Una casa fina. Bastante grande para toda la familia de Héctor.

Después Bonnie se dio la vuelta para verlo de frente. Héctor podía asegurar que algo estaba escrito sobre su playera, mas las palabras desaparecían dentro del overol. Se preguntaba qué diría la playera de semejante mujer.

"Okay, Héctor," dijo, y él podía asegurar que lo que venía era importante. "Así es como va a ser." Sus ojos estaban brillantes y tan azules como la pintura de la puerta del frente. Inclinó su cabeza mientras hablaba y sus cabellos ondulaban de un lado para otro moviéndose con celeridad a través de su cuello. "Si tú te quedas, diesisiete dólares y medio al día. Y obtienes esto." Onduló su mano alrededor del cuarto y los brazaletes tirititaron. "Seis días a la semana. Sábados libres. Pagas tu propia comida. Un paquete de seis a la semana. Estoy hablando de cerveza. Comprendes. Seis cervezas a la semana. No más. No amigos, tampoco fiestas. Ni amigas. ¿Comprendes?"

"Está muy claro," dijo Héctor. "Pero ¿cuándo me pagará, por favor? El otro patrón, el del norte, no fue justo." Y Héctor empezó a dar explicaciones pero ella lo detuvo.

"Los sábados," dijo. "En efectivo, en dólares estadounidenses, cada sábado. ¿Está bien?"

Héctor dijo que sí, que estaría bien. De nuevo, ella estrechó la mano de Héctor. Era como si hubiera intercambiado dos ovejas por una cabra.

"Temprano," dijo. "Mañana, cuando el sol esté arriba, tú también estás arriba. ¿Entendido?"

Héctor asintió.

"¿Necesitas comida esta noche?" preguntó ella.

Héctor tenía dos de los redondos pasteles de chocolate. Tal vez, ya estaban aplanados y derrretidos, pero servirían. "Mañana, sí necesitaré más para comer. Pero esta noche no necesito, gracias."

La señora Bonnie asintió y se salió por la puerta hacia el jardín. Ahí se detuvo para quitar cabezas secas de sus flores. Después desapareció en su casa y la luz del pórtico se apagó.

Afuera estaba oscuro. La noche estaba quieta. Héctor se quitó sus botas. Debería cambiarlas de suela y pronto. Muchos kilómetros. Llenó un vaso con agua fría del grifo. Se acomodó en una gran silla. Estaba suave. Se hundió profundamente en ella. Los pasteles de chocolate estaban mojados, mallugados, pero la rica crema no había escapado. Una mariposa nocturna describía círculos alrededor de la luz como si fuera una luna brillante y el foco fuera el sol.

Cuando Héctor se despertó, fuera de su ventana la mañana era gris y rápidamente estaba aclarando. El foco de arriba de él todavía estaba alumbrado y tres mariposas nocturnas dormían sobre el techo alrededor de él. Pudo escuchar los ruidos de las pickups y de los camiones, todos juntos, porque la casa estaba lejos de la ciudad y escondida de la carretera por los bajos árboles. Todos iban a trabajar temprano y Héctor estaba agradecido de unirse a ellos.

Tiró de su cobija y permaneció acostado por un momento. Si la cama estuviera más firme, mas como el petate sobre el suelo, estaría mejor, pero era lo que la señora Bonnie pensaba que estaba bien para Héctor y él así la usaría. Dejó su cobija como si alguien hubiera dormido dentro de ella toda la noche.

Dirigió el agua dentro de la vasija y lavó su cara; después con la barra de jabón restregó la mancha que rodeaba a su sombrero y lo enjuagó cuidadosamente. Nunca más volvería a estar nuevo pero la paja resplandecía en la luz encima de la alcantarilla. Hizo café que era espeso y oscuro. Anhelaba la azúcar, la leche y el pan dulce. Pero muchas cosas que él anhelaba no las podía poseer, así que por el instante se sintió contento y no le importó.

## DIEZ

PRÓXIMOS a la gran casa, ya en su lugar, estaban una escalera, un serrucho y un par de guantes de piel. La señora Bonnie sorbía el café mientras hablaba. Héctor pintaría su casa pero en primer lugar todas las ramas y los arbustos debían ser cortados. Todavía usaba el overol, pero esa mañana llevaba una playera diferente, una que decía algo más que Héctor no pudo ver lo suficiente, y en sus pies sandalias de hule. Las uñas de sus pies relucían rojas con la temprana luz.

Mientras Héctor cortaba las ramitas, ella las apilaba en una carretilla y las acarreaba. El trabajaba rápido, el cortar era fácil para él y la escalera se movía en la pared como un gigantesco insecto. La pila de ramitas se alzaba con el sol.

A mediodía, la señora Bonnie le llevó a Héctor un plato de pollo con arroz. Ella dijo que después del trabajo irían a la ciudad por su comida. "Te adelantaré dinero," dijo, "si lo deseas." Héctor movió su cabeza. "No," dijo. "Es miércoles ¿no? y usted dijo que me pagaría el sábado. Ese es nuestro trato. Ya tengo dinero para la comida." Héctor no estaba tan seguro como se escuchaba pero ella sonrió como si le hubiera gustado lo que él dijo. Contaría cuidadosamente sus dólares y compraría poco.

En el camino hacia la ciudad, Héctor no estaba seguro pero no le parecía correcto que estuviera montando mientras una mujer manejaba. Leticia nunca manejaría una pickup, de eso sí estaba seguro. Pero Héctor no sabía si estaba apto para mantener la camioneta en la carretera, especialmente a la velocidad que la señora Bonnie manejaba. Tan rápido, a pesar de que la ciudad sólo estaba algunos kilómetros lejana. Era como si debieran apurarse por alguna razón que Héctor desconocía. El trabajo del día estaba completo. La noche podría ser muy larga para ser llenada solamente con el sueño. Quizá, la señora Bonnie era una persona la cual siempre estaba apurada incluso cuando no había nada especial que hacer.

Grandes calabazas verdes, cebollas, ajos, frijoles, cilantro, manteca y masa de maíz para tortillas, sal, arroz y más café, un pollo sin patas ni cabeza envuelto fuertemente en plástico — todo eso fue en el carrito de

Héctor. Después, una pesada bolsa de azúcar y un pedazo de queso blanco fresco. Trató de contar en dólares el costo de todo, pero el cesto se llenó muy rápido.

La señora Bonnie encontró para él barras de jabón, pasta de dientes y un pequeño cepillo de dientes. Héctor escogió chiles verdes y jitomate, un litro de bebida de naranja, los pasteles de chocolate. Y un paquete de seis cervezas. "Uno por semana," le dijo ella otra vez.

El carrito de ella se llenó también, pero era diferente. Dos botellas de vino, uno tinto y otro claro, lechuga, jitomates, bolsas de plástico de sopas de fideos quebradizos y otros paquetes que Héctor no conocía, que estaban congelados con coloridos dibujos de comida. Todo parecía caro y fino.

La tienda resplandecía con muchas luces y la música flotaba del techo mientras hacían sus compras. Todas la mujeres usaban ropas compradas en la tienda y sus niños usaban zapatos y llevaban coloridas cajas brillantes de dulces, pequeñas camionetas y globos.

Héctor quería que sus hijos conocieran como era Texas, también ellos irían a aquella tienda con su madre y correrían para arriba y abajo por los pasillos, escogiendo cualquier cosa que quisieran. Héctor esperaría afuera en su pickup y hablaría con los otros hombres sobre futbol, el número de cerdos que habían nacido en su corral y las formas de pulir la pickup para que reluciera. Su radio tocaría la música que quisiera, lo bastante alto para que sus amigos pudieran compartir su buena fortuna. Planearían una pequeña fiesta para el domingo donde habría tanta ceveza como ellos quisieran y comerían cabrito si así lo deseaban y si no hubieran comido muchos paquetes de hot dogs como lo hacen los estadounidenses.

Y las mujeres cuidarían a los niños y hablarían de sus hermanas y de sus bebés y cuando anocheciera cepillarían sus cabellos lacios hasta que chispearan relámpagos de fuego, y murmurarían entre ellas y más tarde llevarían a sus hombres a sus casas, a la quietud de sus cuartos y les dejarían conocer sus suaves secretos y darían la bienvenida a su dureza con pequeños gritos en la oscuridad y después encenderían muchas velas y hablarían suavemente acerca de sueños. Sueños de lo que fue y de lo que sería.

Por una semana podó las ramitas de la casa, después con una escoba de firmes hiniestas y agua jabonosa limpió la pintura vieja y la suciedad. La señora Bonnie llegó de la ciudad, la pickup llena con galones de pintura, sacos de ropas, brochas y rodillos. La pintura era del mismo color de su pickup y pasaron el rodillo lentamente. La piel de la casa bebió la pintura ansiosamente y Héctor dejaba vacías muchas cubetas al día.

La mitad que estaba completa brillaba como una flor salvaje en un campo estéril. La señora Bonnie estaba complacida. Se paró a un lado de Héctor y le hizo señas para que la siguiera. "Necesito un poco de ayuda," dijo. Caminaron alrededor de la casa. El aire de la mañana era fresco, el fresco viento del norte. Unas hojas dispersas pasaron a través del pasto nuevamente espeso. Al lado del patio estaba una fila de árboles frutales, unas pocas hojas amarillas todavía colgaban de sus ramas. Aquí y allá, una manzana o un durazno, encogidos y secos, colgaba de una rama desnuda.

La señora Bonnie tomó una ramita de uno de los manzanos y le dio un tirón, enseguida la torció de un lado para otro. "No," dijo, "no da lo suficiente." Entonces tomó otra y otra más. "Okay," dijo finalmente y le extendió a Héctor un par de pequeños cortadores de su bolsillo. Jaló la rama y la mantuvo con ambas manos. "Ahora Héctor," dijo, "córtale aquí, arriba de esta juntura." Héctor deslizó lentamente la hoja por la rama hasta que ella asintió. "Así está bien," dijo, y Héctor cortó. La ramita era larga pero con los cortadores ella hizo dos rápidos cortes, podando la rama hasta que tuvo la forma de una "Y" que apenas era más larga que su mano.

"Necesito dos más," dijo y se movieron hacia un árbol de durazno. Ella encontró la ramita correcta. Héctor cortó, ella podó. Esto lo hicieron una vez más hasta que ella obtuvo tres.

"Un día de trabajo para mí," dijo. "A unos amigos les debo encontrar un poco de agua."

Héctor estaba confundido.

"¿Sabes?" preguntó. "En México también hay brujas ¿verdad? Eso es lo que soy, una bruja que encuentra agua. Una bruja de agua."

"Sí," dijo Héctor. "Entiendo. Usará las ramitas verdes de los árboles para encontrar agua ¿no?"

"Lo captaste," dijo. "Una forma extraña para ganarse un dólar ¿eh?"

"¿Para mí? No, no es extraña en lo absoluto. Encontrar agua sin las ramitas verdes de los árboles frutales, ver entre la tierra hacia los bancos de agua, eso sería extraño. En mi país un chamán de nuestro pueblo podría encontrar agua de la misma manera. Encontrar agua es un regalo, es sagrado. Pero un chamán que encuentra agua, quien bendice con el agua, quien limpia con el agua, no es una bruja. En mi país una bruja es algo diferente."

La señora Bonnie se echó a reír. "Bien, para algunas gentes de este país una bruja también es algo diferente. Tuve una vez un marido que me llamaba bruja y seguramente no tenía nada que ver con encontrar agua. Y nada en absoluto con ser limpiado o bendecido. Oh no, puedes estar seguro de eso."

Héctor pensó que había entendido. Ella había tenido un marido pero no más porque él pensaba que ella era una bruja. Eso también hubiera pasado en Huitupán. Pero la señora Bonnie no parecía como una bruja de las que haya visto. Su piel era blanca. Olas de cabellos dorados corrían a tráves de sus brazos. Chispeaba cuando hablaba y acometía con ímpetu cuando se movía. Tenía el cuerpo y el rostro de una mujer más joven, excepto que Héctor podía asegurar que por su cabello, por las arrugas en sus ojos y por la piel en el dorso de sus manos que tenía más años que él.

Cuando ella se fue, Héctor comenzó a pintar la casa una vez más. Trató de recordar ciertos detalles de los últimos meses pasados mas todo en su mente parecía desvanecerse o mezclarse. Rafael y su hija de frágiles huesos de Peregrina eran sólo nombres. Lupe ya no era un hombre sino la memoria fantasmal de una risa y una mueca sin dientes; Tiemann no era más carirojizo e inmenso sino tan lavado como un tazón azul de leche. Incluso el padre Cota se había debilitado en su mente.

Ya no pudo cerrar sus ojos y ver el rostro de Leticia, solamente su último quejido al momento que llamaba su nombre quedaba con él; incluso sus hijos se habían movido dentro de todos los cuerpos de niños que había visto de tal forma que ya no los podía separar de ellos.

Mientras pintaba la casa del color de una rosa, Héctor sólo podía ver el rostro de la señora Bonnie. Sabía que eso estaba mal, que se portaba como un niño tonto. No era correcto para él ser un hombre y tener tales sentimientos. Pero no podía evitarlo.

Al pintar miró dentro de la casa. La pequeña ventana era para el baño. Sus paredes estaban cubiertas con azulejos y gruesas toallas. Y entrepaños conteniendo botellas de varios colores que él no conocía.

Trabajó a lo largo de la pared, recargándose sobre los arbustos que había podado. En el próximo cuarto vio una cama cubierta con una blanca colcha de satín. Sobre las paredes resplandecían milagros de todos tipos hechos de lata y alpaca y plata y latón, corazones, cabezas, animales y ramitas pero en su mayoría corazones. Un gran milagro de corazón arriba de la cama era circundado por docenas de corazones más pequeños.

Una mesa a lo largo de la pared estaba llena con velas, unas largas en cadeleros de plata, pequeñas velas votivas y racimos de velas delgadas y coloreadas brillantemente pegadas a la mesa por su cera derretida, y aquellas dentro de vasos pintados que traen buena fortuna, y aquellas con la Virgen de Guadalupe pintadas sobre ellas. Era como si el cuarto fuera una iglesia y la mesa el altar.

Flores de papel estaban en cualquier lugar, flores solas y racimos, amarillas, rojas y diferentes tonos de azul. De una pared colgaban mantos de muchos colores, mantos ceremoniales con flechas y relámpagos y luces de sol. Algunos, pensó Héctor, los había visto antes en los días de fiestas en Chajul. La mayoría nunca los había visto pero sintió su fortaleza y su poder. ¿La señora Bonnie había estado en Chajul? ¿Ella podría conocer su país? Tal vez era una bruja e incluso una chamán de alguna forma misteriosa. Debía ser cuidadoso, pensó, de lo que decía incluso de lo que pensaba porque ella podría leerlo de su corazón o saber sus pensamientos antes de que los haya pensado.

Pintó cuidadosamente alrededor de cada ventana y cubrió la pared con muchas pasadas de pintura como si el cuarto de la señora Bonnie fuera un lugar sagrado.

Se detuvo cuando se hizo muy oscuro para ver donde había pintado. Para ese instante sus brazos y sus manos eran de color rosa y parecían que brillaban en la semioscuridad de la noche. Al lavar la pintura de sus brazos, formó un charco como sangre en la tierra café bajo él, y chapoteaba a través de sus botas.

Héctor escribió dos cartas con la luz que llenaba el cuarto. Primero a Leticia al cuidado de su hermano en Todos Santos, dándole su nuevo domicilio y diciéndole que estaba bien, que éste sería un buen lugar para ellos para vivir. No le dijo todo, no acerca del refrigerador, de la estufa con cuatro hornillas y de la cama que estaba llena con plumas. No le dijo que su patrón era una mujer que manejaba una pickup. Leticia entendería mejor si estuviera allí.

Escribió al padre Cota diciéndole también de su buena y su mala fortuna porque sabía que el padre Cota entendería como ambas juntas hacían una vida completa. Por lo que de otra manera sería algo diferente de lo que cualquier otro hombre podía saber. Le pidió al padre Cota que contactara a Leticia si podía, que le hiciera saber donde estaba en caso de que ella no tuviera su carta. Y que le dijera que le escribiera de tal manera que él podría saber lo que debería hacer — cuándo podría ser el mejor momento para mandar por ellos y cómo ellos podrían recibir seguramente sus dólares y salir de Guatemala.

Después en la oscuridad, él yacía en su cama y escuchaba los sonidos de la noche — los coyotes cazando un conejo o un gato entre los arbustos, el sonido de las camionetas y los camiones al disminuir su velocidad con su pun-pun-pun, quejándose al entraren el límite de la ciudad.

Más tarde, fuera de otros ruidos de la noche, él reconoció el ronroneo de la pickup de la señora Bonnie antes de que las luces nadaran a través de las sombras de su cuarto. Yacía sobre su espalda y su cuerpo estaba tenso. En su mente vio la puerta de color rosa de su camioneta al abrirla y ella se deslizaba suavemente sobre el suelo. En su mano tenía las tres ramitas que encuentran agua, aquellas que ellos cortaron en la tarde. Estarían muy secas para usarse de nuevo y al moverse hacia la casa las aventó sobre una pila de hojas que Héctor recogería y quemaría al día siguiente.

Hubo un momento de silencio antes de que la puerta trasera fuera abierta, antes de que las luces de la casa se encendieran. Ella dudaba. En la oscuridad trataría de ver la pared que él había pintado, la forma en que el nuevo color había cambiado su casa, pero estaba muy oscuro. El estaba en silencio en la oscuridad y por un minuto no respiró.

Después, la puerta de su casa fue abierta y rápidamente cerrada con un silbido y un golpe, las luces de un cuarto y luego otro iluminaban el patio trasero. Por un momento, los sonidos vinieron de la cocina — agua corriendo, un plato en el lavabo, botellas haciendo ruido al abrirse y cerrarse el refrigerador. Después se apagaron todas las luces excepto una y música que Héctor nunca había escuchado se movió suavemente entre el aire. En unos pocos minutos escuchó el sonido del agua de la regadera al esparcerse por un largo rato. Después, el silencio, y Héctor sabía que ella estaba secando su cuerpo con una de las grandes toallas; él podía echarse allá y verlo todo. Su piel era pálida bajo la luz brillante, sus cabellos eran más oscuros cuando estaban mojados pero todavía eran el color de una buena cerveza. Los cabellos bajo sus brazos eran iguales pero entre sus piernas los vellos eran más claros e hilados por hilos dorados.

El encontró su dureza en la oscuridad y movió, movió y movió hasta que su respiración se tornó aguda, poco profunda y la húmedad llenó su mano.

Pero no era suficiente, nunca era suficiente y Héctor se durmió, todavía inquieto y vacío.

## ONCE

HECTOR había terminado de pintar la casa a media mañana. Se alejó unos pasos para inspeccionar su trabajo y lentamente caminó la longitud de la pared trasera, tocando un sitio que había olvidado pintar o pasando la brocha en un lugar donde la pintura estaba delgada. La señora Bonnie le llevó a Héctor un vaso de agua con hielo. Ella inspeccionó la pared de cabo a rabo y asintió. "Un bonito trabajo," dijo, "muy bien hecho." Héctor bebió lentamente el agua para esconder su sonrisa.

"¿Has pintado antes?" ella preguntó, "¿en México?"

"Sí, señora Bonnie, un poco," él dijo.

"No señora Bonnie," ella dijo. "Sólo Bonnie."

Héctor la miró para estar seguro y ella dijo, "Sí, insisto."

"Usted es el jefe," Héctor dijo encogiendo sus hombros y ambos rieron.

Bonnie comenzó a mover macetas de flores desde abajo de un árbol hasta donde hubiera más luz, donde el sol de invierno lanzaba su curva de luminosidad sobre el suelo.

Sin preguntar, Héctor podía asegurar que ella quería que la ayudara. El podría asegurar también que ella quería hablar, que incluso una mujer en su propio país puede estar sola y sentirse quizá de la manera en que él se sentía.

"¿En dónde más has estado en los Estados Unidos?" ella preguntó al momento que trabajaban. "¿Conoces los Estados Unidos?"

Héctor pensó que no, él no conocía mucho de los Estados Unidos, pero contestó, "Sí, lo conozco muy bien," y empezó a decir nombres de lugares que había escuchado. "Texas," fue lo primero. Bonnie río y dijo que no contaba.

"California," dijo Héctor después. "Y New York." El dudaba, tratando de recordar los lugares que el padre Cota le había enseñado, las ciudades de que había escuchado hablar a Lupe, los lugares donde los hijos del viejo vivían. "Ah, Chicago," Héctor dijo, "Denver, Canada y todo hacia el norte."

Al decir eso miró hacia el norte, lejos del Río Bravo que estaba lo suficientemente cerca para olerlo cuando el viento soplaba caliente desde el sur.

"Eso está bien," dijo Bonnie. "Sí, conoces muchos lugares." Se detuvo por un momento. Las macetas de flores estaban donde el sol las tocaría hasta que fuera de noche.

"¿Y hacia el sur?" ella preguntó. "Tú debes conocer muchos lugares hacia el sur."

Héctor se volvió para ver en aquella dirección, el camino de donde él había tenido que llegar primero. "Y allá," él dijo con un movimiento de su mano, "está México. Y Nicaragua."

"¿Y Guatemala?" preguntó Bonnie.

El corazón de Héctor se sentía liviano y pesado al mismo tiempo, lleno con una esperanza tenue y miedo siempre presente, mas él no dejaría que ella lo supiera. "Sí, Guatemala." Pero su mente se había vuelto tan desnuda como un campo en invierno y no pudo nombrar nada más. Bonnie lo ayudó.

Panamá, ella dijo y él dijo Panamá. Y Brasil, ella dijo y él dijo Brasil, y los países se deslizaron dentro de su mente. Chile, Bonnie dijo y él dijo Chile. Colombia, y él dijo, sí, Colombia. Argentina, sí, Argentina. Venezuela, sí, Venezuela.

Héctor se sentía aturdido. "Muchos lugares hacia el sur," él dijo. "Muchos hacia el norte." Y sintió que todo el mundo era más grande de lo que él jámas hubiera conocido, que estaba dando vueltas alrededor de él, en ese lugar, en ese pequeño cuadrado de tierra donde estaba de pie. "Es verdad," dijo, "que donde estamos, cercanos a su casa, debe ser el centrísimo del mundo."

Bonnie tenía una extraña mirada en su rostro y

enderezó su cabeza. Después, una sonrisa se insinuó lentamente a través de su rostro y asintió tres o cuatro veces. "Bien, Héctor," dijo finalmente, "nunca pensaría de esa forma pero sí, supongo que es verdad. Sin importar donde estemos, y nosotros sí estamos aquí y ahora, bien podría ser el centro del mundo."

Y con esto, ella se extendió y tomó el brazo derecho de Héctor arriba de su muñeca y le dio un suave apretón, sólo un poco más largo que un instante. "Héctor Rabinal," dijo, "no eres un hombre ordinario. Tú sabes eso ¿no?"

Y lo que ella dijo era lo que Héctor siempre había sabido pero nunca lo había escuchado.

"Pero ¿es una cosa buena," él preguntó, "el no ser ordinario?"

"Una muy buena cosa," Bonnie dijo, "si tú sabes qué hacer con eso." Se hizo para atrás y observó el patio. "Y lo que tú necesitas hacer con eso en este momento es ayudarme a construir un camino de piedra. Así que vamos."

Ella tomó algunos guantes del pórtico trasero y se fueron en su pickup, el viento moviendo su cabello de tal forma que finas hebras se asían en la comisura de su boca cuando ella hablaba. Dijo que quería poner un camino de piedra desde su puerta trasera, uno que guiaría hacia su jardín y rodearía las plantas y terminaría en el pequeño lugar de Héctor.

Para hacer eso necesitaban rocas planas, así que Bonnie manejó hacia lo que desde arriba parecía ser una ribera seca al fondo de una profunda cañada. Bonnie

124

detuvo la pickup en una orilla. Se bajó y le hizo señas a Héctor para que la siguiera. Peñascos de piedra caliza caían a muchos metros.

"El cañón del Río del Diablo," ella dijo y miró atentamente hacia abajo como si quisiera decir algo más, pero no lo hizo.

Héctor podía ver que no había forma de manejar la pickup hasta el fondo, pero Bonnie encontró un sinuoso camino lleno de curvas en el que estuvieron saltando por muchos minutos. Finalmente se detuvieron sobre un lecho de arena que se sentía sólido. Estaba terraplenado con residuos de hojas y ramitos arrastrados por las últimas lluvias. Bonnie encontró una roca que era ancha y plana y dijo, "Esto es lo que queremos."

Héctor preguntó que cuánta, ella rió y pateó la salpicadera de la camioneta como si fuera un burro. "Tantas como ella pueda cargar," dijo y comenzaron a cargar.

Al recoger las rocas, arrastrando dos o tres al mismo tiempo y empujándolas fuertemente a través del lecho de la pickup, Héctor se dio cuenta del pequeño escurrimiento de agua clara. A esto no lo llamaríamos un río en mi país, él pensó, pero miró hacia arriba y vio las escarpadas paredes que habían sido cortadas por siglos de vientos y agua escurriendo y el casi azul-negro del cielo como si estuviera viendo desde el fondo un hoyo, y supo que sí, éste era en verdad un río.

Había huellas en la arena húmeda cerca del río poco profundo, y mientras Héctor sudaba, separaba, levantaba y cargaba, pensó acerca de aquellas huellas y de quién podrían ser. Ellas estaban dirigidas río arriba y en dirección contraria a la frontera. Fueron hechas por botas, los tacones sumidos disparejos en la arena, como si estuvieran muy desgastadas o si su dueño se hubiera tambaleado por la fatiga. Podrían haber sido huellas de alguien que Héctor había conocido o alguien a quien había visto. Tal vez alguien tan ignorante como Héctor había sido, quien llegaría hambriento a un lugar como el de Tiemann con esperanzas que se deslizarían como aquella floja arena.

Pero por oportunidad o buena fortuna, Héctor estaba trabajando para un patrón quien le pagaba y lo trataba mejor que a algunos bueyes en un campo. El sol estaba caliente, el suelo estaba claro, y las rocas parecían que no pesaban más que suaves envoltorios de ropas.

Hicieron dos viajes en la mañana y otros dos en la tarde. La pila de rocas creció como una pequeña montaña. Era extraño, no el trabajar con una mujer, porque Héctor había hecho eso muchas veces, sino que nunca había trabajado al lado de una mujer que hacía el trabajo de un hombre. Una mujer quien era fuerte y sabía las maneras de como trabaja un hombre, usando el ángulo de su cuerpo para levantar, posicionándose arriba de cada roca, así que ella estaría fuerte para una vida de rocas, si debería ser necesario, midiendo sus pasos de tal forma que al fin del día habría suficiente fortaleza para ser más que un animal que se echa en la noche sólo para tener miedo del próximo día, porque no sería una vida para nadie.

Cuando llegaron a la cima del peñasco con la última

carga, el cañón estaba escondido en las sombras. Se detuvieron ahí donde el campo se muestra completo, libre de árboles, solamente arena rodando y salientes dentadas de roca.

"Ven aquí," Bonnie dijo. "Déjame mostrarte algo." Lo guió de nuevo a la orilla y señaló un lugar río abajo donde habían tomado las rocas. "¿Qué ves?" preguntó.

En primera instancia Héctor no vio nada porque el cañón estaba tan azul como el agua profunda, pero después sus ojos se abrieron en la oscuridad y vio una figura de un corazón cortado sobre un banco de arena. A través del corazón, en un ángulo, yacía un árbol joven, desnudo de sus ramas y hojas. "Un corazón," Héctor dijo, "con una flecha cruzándolo."

Bonnie asintió.

"¿Para qué es?" él preguntó.

"Para mí," ella dijo. "Pero no funcionó."

Héctor trató de leer las razones en su mente pero no podía empezar. Con un encogimiento de hombros ella se volvió y se alejó dando zancadas, moviéndose hacia la pickup como si ella estuviera enojada.

"Alguna vez te lo diré todo acerca de esto, si quieres escuchar," ella dijo y puso en marcha la pickup. Miró a Héctor.

El asintió. "Sí," dijo. "Me gustaría saberlo. Alguna vez."

Regresaron a la casa en silencio.

## DOCE

CON estacas y cuerdas Bonnie señaló una trayectoria para el camino de piedra. Atrás Héctor la seguía, cortando cuidadosamente el pasto café, pelándolo y poniéndolo a un lado. Él descubrió que la tierra, cuando se remueve, huele igual en cualquier lugar. Para él, el olor no era dulce ni agrio, no como el heno recién cortado y no tan fuerte como el estiércol de las vacas o de los burros, sino algún lugar entre lo que él encontraba agradable, incluso cómodo.

Quizá fue porque el olor siempre lo llevaba hacia la primera tierra removida que conoció, la del campo de su padre. Los pies desnudos de Héctor todavía sabían de la suavidad otorgada por aquella negra y desgajada tierra montañosa. El recordó tratando de estirar sus pasos para igualar a aquellos de su padre al moverse y hablar suavemente hacia los bueyes. La hoja del arado movía la tierra hacia un lado como una ola en el gran océano del oeste.

Al principio, su padre volteaba a ver que él dejaba caer los lisos granos de maíz de la manera correcta, inclinándose cada vez de tal forma que los granos no caerían descuidadamente, sino que los dos caerían lado a lado, asegurándose que al menos uno germinaría.

Entonces con el lado de la orilla de su pie Héctor tomaría suficiente tierra para cubrir los granos y presionaba firmemente, suficientemente profundos para proteger los granos de cuervos y gallos y para darles la oscuridad que necesitaban para hincharse y explotar con vida. Enseguida, con una varita la longitud de los pies de su padre, se inclinaba de nuevo y dejaba caer dos semillas más, las cubría y presionaba. No era diferente a un baile con un ritmo que pronto fue natural. Medir, inclinarse, dejar caer, cubrir y presionar. Pronto su padre paró de voltear y, aunque sólo tenía 6 años, Héctor se convirtió por la forma de plantar maíz en un hombre.

Bonnie fue a la ciudad por arena fina y argamasa; la pickup se arrastraba ladeándose y ronroneando con su carga. Tomó dos días cortar y suavizar el camino de tal forma que se torcía, se movía y hacía círculos de la forma en que Bonnie quería. Algunas veces se paraba y estudiaba el diseño de la trayectoria y se iba hacia atrás y a un lado para verlo desde otro ángulo. La manera de como se veía era importante para ella. Héctor comprendió, porque para las tejedoras de Huitupán era igual, a veces estaban más interesadas en sus diseños que en la dureza de sus prendas.

Para Héctor un sendero era para ir de un lugar a otro, y un hombre sólo podía seguirlo al igual que una cabra o una vaca que toma cada día su propio camino, porque uno no encontraría un camino mejor. Pero no se lo dijo a Bonnie.

Al tercer día él esparció uniformemente la arena en los caminos y para el cuarto día estaba listo para poner las rocas. Con un martillo y un cincel golpeó las salientes irregulares de las rocas de tal forma que yacerían planas en el lecho de la arena. De una carretilla cargada de piedras a un lado de él, escogió las que embonarían, quebrando aquí y allá, moviendo la piedra para quedar de la manera que debería. Para cada lugar habría la piedra correcta, si sólo tienes el ojo y la paciencia para encontrarla.

A cada vuelta que el camino tomaba, Héctor hundía pequeños pedazos de roca sobre la suave argamasa, sus reducidas esquinas hacia arriba para hacer un diseño — un pájaro o una estrella o una flor — y a cada dos metros guiaba una línea con los pequeños trozos en una doble fila a través de lo ancho del camino.

Antes de que el sol se pusiera el sábado, el camino ya casi estaba terminado, faltando sólo unos cuantos cuadros de piedra que unirían los caminos hacia los pasillos. Un poco antes de la oscuridad, Bonnie salió a ver.

"Un día más y estará terminado," Héctor dijo. Él no podía esconder el orgullo en su voz.

Bonnie movió su cabeza. "No puedo creer lo rápido que fue y es igual a como quería que fuera."

"¿Entonces está complacida?" Héctor emitió. "Cuando acabe, cepillaré las junturas de argamasa y lavaré las piedras con agua y cuando se sequen las limpiaré."

Él vio su trabajo por unos momentos y vio las pequeñas imperfecciones, una roca muy fragmentada, un lugar bajo en el centro del camino. "Lo podría hacer mejor en otro," dijo, "porque no había puesto rocas en muchos años."

"Bien, puede ser que habrá otro," Bonnie dijo con un movimiento de su mano. "Esto es tan hermoso que tal vez cubriremos todo el patio con piedra y luego, quién sabe, tal vez todo el mundo." Ella rió y dio un sorbo a un vaso delgado y fino. Vino blanco. Héctor podía asegurarlo por la dulzura de su olor.

"Pero detente," ella dijo. "Ya has trabajado hasta muy tarde. Apostaría que quieres una cerveza." Entonces ella apuntó hacia dos sillas de metal apoyadas contra la casa. "Aquí," ella dijo, "sentémonos donde podemos admirar el camino."

Héctor miró la carretilla, las herramientas, sus manos y brazos, todo lleno de argamasa media seca.

"En este momento debo limpiar mis herramientas antes de que la argamasa se seque," él dijo, "para que estén listas para otro día." Dudó por un momento, "Y no tengo más cerveza."

"Por Dios, Héctor," Bonnie dijo, y Héctor podía asegurar que ella en verdad estaba perturbada. "Es sábado.

Lo olvidé. Apostaría que se te acabó todo." Ella dudó por un instante, mirando su muñeca a pesar de que no estaba usando reloj. "No quiero ir de nuevo hacia la ciudad."

Entonces ella se convirtió de nuevo en el patrón, haciéndose cargo de todo, dando órdenes. "Héctor," dijo, "por ahora no te preocupes de nada. Todo es mi culpa. Sólo limpia y me encargaré de la cerveza. Y también de la comida."

Héctor empezó a decir que por algo tan pequeño él nunca se preocuparía, que tenía la suficiente comida para una noche más, que tenía un trato acerca de la cerveza, pero ella no lo dejó terminar y antes de que él apenas se moviera, ella estaba adentro y afuera de la casa llevándole una Carta Blanca fría. "Ahora ve, ve," ella dijo. "Dame veinte minutos, quizás treinta, cenaremos, sabes ¿okay?"

Sí, para Héctor estaba bien. El agua de la regadera estaba caliente y por sus pies corría gris, densa con arena y argamasa y la espuma del jabón. Sus ropas yacían limpias y dobladas sobre su cama, una mujer estaba preparando comida para su cena, la Carta Blanca no estaba vacía y era sábado por la noche, de tal forma que mañana no era día de trabajo. Te has convertido en un hombre de mucha suerte, Héctor Rabinal, pensó.

Al bañarse empezó a balbucear una canción pero era la que Leticia siempre cantaba a sus niños al bañarlos bajo el cielo de Huitupán. Así que paró y trató de encontrar otra canción, una de fiestas y cosechas que son grandes, pero aquella canción de baño, una ingenua canción que las niñas podrían cantar a sus hermanas, no abandonaba su cabeza.

Por unos minutos Héctor estuvo de pie afuera en la oscuridad y esperó. Bonnie le había dicho que tal vez treinta minutos y no quería llegar temprano. Vio como ella se movía por la cocina, siempre presurosa, abriendo puertas de los gabinetes, moviéndose algo en una olla grande, dando sorbos a su vaso de vino, como si todo fuera una gran carrera que debe completarse.

Por primera vez Héctor la vio usando un vestido, largo y blanco con muchas flores de colores formando un cuadrado desde arriba hasta el centro. Estaba mucho mejor que el overol.

Cuando ella pasó los platos sobre la mesa, Héctor se puso de pie en la puerta y dijo hola, primero suavemente y después otra vez más alto hasta que ella lo dejó pasar con una pequeña reverencia, el movimiento de un brazo y una suave risa harmónica.

Una cena fina. Mucha cerveza para Héctor. Él dijo no, muchas gracias cuando ella le ofreció vino. Había pan muy parecido a bolillos y lechuga con jitomates y una salsa que tenía bastante limón para su lengua, después largas y planas pastas mezcladas con ajo, tocino tostado y roto, y pequeños chícharos.

Mientras comían, Bonnie preguntó y Héctor le habló de Leticia, Efrán y Tomasito, le dijo lo que era verdadero acerca de ellos, acerca de sus hermanos, incluso del padre Cota, mas al decirlo Héctor los vio suspendidos en algún extraño lugar que no era Guatemala pero tampoco era México o algún otro lugar, sino algún lugar en su mente donde los había instalado, así que lo que le dijo a Bonnie no era mentira. Le dijo lo que estaba en su corazón, lo que siempre es verdad, que mandaría por su familia y vendrían a Texas para estar con él porque eso dijo el padre Cota que sería lo mejor.

"Pero ¿cómo harían eso?" Bonnie preguntó. "Ellos son mexicanos como tú ¿no?"

"No habrá problema," Héctor dijo, "porque trabajaré duro y tendré muchos dólares y el camión los traerá."

"Eso no es exactamente lo que quiero decir," Bonnie dijo y por primera vez Héctor no estaba seguro de haber entendido todo lo que debía.

Pero en aquel momento Héctor estaba feliz. Tenía una meta por la cual trabajar y sabía que el futuro no siempre tenía que ser completamente visto o entendido porque sólo un tonto piensa eso.

Bonnie no dijo nada más. Mientras Héctor estaba sentado y esperaba, ella recogía los platos de la mesa, todo excepto la botella de vino casi vacía y su vaso.

Quizá debía irse o sería un insulto irse pronto, como en Huitupán. Pero no había manera de comparar porque Héctor nunca habría comido allá en casa de una mujer que no estuviera casada, porque una mujer nunca viviría sola a menos que fuera vieja y una bruja de algún tipo de malignidad.

Bonnie trajo café en pesadas tazas y dos vasos de plata sin asas, cada uno lo suficientemente pequeño como para esconderlo en su mano cerrada. "Brandy," ella dijo. "Para el café. ¿Conoces el brandy?"

Héctor tomó un pequeño sorbo. "Aguardiente," dijo. "¿No?"

"Casi," ella dijo y lo puso en su café.

De la misma manera, como si lo hiciera cada día, él vació el brandy en su taza.

Entonces Bonnie empezó a hablar, ahora sin más preguntas acerca de Héctor, sino acerca de ella misma, como fue a una universidad en el norte y después hubo guerra. "El gobierno dijo que yo era una mujer mala," dijo con una risa. "Entonces fui a México, a Cuernavaca un rato y después a Oaxaca." Mientras hablaba, los brazaletes de plata se delizaban desde arriba hacia abajo por su brazo, y hacían el sonido que se escuchaba de las campanas de cabras perdidas en la profundidad del bosque.

"¿Estaba sola," Héctor preguntó, "y fue a ciudades extrañas en México?" Porque hace veinte años ella había sido una señorita con piel tersa y cabello dorado que brillaba en la luz mexicana y los hombres — no habría sido posible.

"No," ella dijo. "Había un hombre, o más bien un chico, como lo recuerdo ahora."

"Y él se casó con usted," Héctor dijo.

"No," ella rió, "no fue así."

Héctor quería preguntar cómo había sido, ser una mujer bella y joven viajando y viviendo de un país a otro por su propia cuenta con un hombre con el que no estaba casada. Pero sintió que no debía preguntarlo.

"Entonces su familia, su padre y madre ¿no sabían? ¿no les importaba?"

"Sabían, y les importaba en su propia y extraña manera, creo. Héctor, suena tan disparatado cuando trato de explicártelo. Sale sonando diferente de como fue todo en realidad."

Ella virtió lo último del vino en su vaso y miró fijamente la ventana oscurecida, pero en la luminosidad del cuarto no pudo ver nada excepto a sí misma.

Héctor se recargó en su silla. "Dígame entonces, porque dijo que me lo contaría, acerca del gigante corazón de grava. Aquél en el fondo del cañón."

Bonnie se iluminó como si estuviera feliz de dejar la otra plática. "Bien," dijo, y miró la botella de vino vacía e inclinó su vaso tambien vacío hacia un lado. "¿Dónde empezaré?" Deslizó su silla y se desplazó hacia la cocina, después regresó con medio vaso de vino.

"Bien, como todo lo demás en mi vida, esto es complicado, pero tan simple como lo puedo contar, esto fue lo que pasó. Conocí a un hombre en Oaxaca hace algunos años — Zeke, corto, tú sabes, por el profeta. De cualquier forma, Zeke era un poeta o al menos tenía el alma de un poeta. O por lo menos estaba tan disgustado con los Estados Unidos como yo."

"¿Disgustado?" Héctor preguntó.

"Sí, tú sabes, insatisfecho, triste."

"Conozco la palabra," Héctor dijo, "pero todavía no entiendo por qué disgustado."

"Complicado," ella dijo. "La guerra, el presidente Johnson y después Nixon." Ella podía asegurar que Héctor no entendía, que él sólo se estaba preguntando sobre el corazón de arena. Para él disgustarse era cuando

137

tu familia tenía hambre o los militares te quitaban el hogar. El disgusto de que ella hablaba era para Héctor más difícil de asir que la niebla de la temprana mañana en el valle de las montañas.

"Bueno," ella dijo y tomó un sorbo de vino. Los brazaletes tirititaban y siguió. "Zeke era un dulce compañero y ambos estuvimos perdidos en el universo, así nos enredamos."

"¿Se casó con él?"

"Parecía lo correcto en ese momento y por un rato estuvo bien. Nos instalamos aquí en Laredo, siempre viviendo en la frontera, en el límite, como diría Zeke. Conseguí una pequeña utilidad cuando mis padres murieron — todavía la tengo, suficiente para estar cómoda. Y Zeke dando vueltas aquí, regresando y yendo hacia Los Angeles, tú sabes, California."

Héctor asintió.

"Zeke siempre estaba involucrado en esto o lo otro, los recolectores de uva, los cosechadores de lechuga, aunque nada parecía que funcionaría. Bien, un día no hace muchos meses, me dije a mí misma, 'Bonnie, es hora que te hagas cargo de tu vida,' y lo hice. Oh, él habló y prometió; bajo presión confesó esto y esto otro, nada de lo que me sorprendiera. Pero yo ya había decidido."

"¿Y el corazón de arena?" Héctor preguntó, porque mucho de lo que ella le había dicho fue tan rápido que él no entendió todo; sin embargo, estaba claro por la forma en que ella hablaba que ese Zeke no la trató bien, quizá el bebía mucho brandy o era flojo y no trabajaba.

"Okay, el corazón de arena." Ella miró a Héctor suavemente como si dijera que lo sentía por algo que él no podría saber. "Bien, hace unas pocas semanas, tres o cuatro antes de que aparecieras, Zeke se detuvo aquí. Me llevó hasta la cima del cañón del Río del Diablo justo en el lugar donde tú y yo nos detuvimos ¿recuerdas? Y me condujo hasta la orilla. Bien, déjame decirte," dijo con una pequeña risa, un sorbo y un titiriteo. "No sabía lo que él tenía en mente. Y a decir verdad cuando vi el corazón — él había alquilado a algún operador de excavadora para hacerlo, sin decirme cuánto costó — mi propio corazón dio un pequeño aleteo. Pero no cedí, ni una pulgada."

"¿Así que el corazón gigante fue una señal de él porque él todavía la amaba? ¿Aún así dijo que no?"

"Deberías haber estado ahí, Héctor, todos esos años, para entender."

La vida para aquellos que viven en Texas debe ser muy difícil, Héctor pensó, y se preguntaba si era lo mismo en todos los Estados Unidos. Si así era, entonces él tendría que estar siempre en la vigilancia para mantener a Leticia. El nunca podría edificar corazones gigantes de arena, y si eso no sirviera ¿cuál era el propósito de estar allí?

La cerveza, la rica comida y el brandy habían suavizado su cerebro y dolía pensar más.

Le agradeció a Bonnie el tiempo que ellos habían pasado. Ella le dio una sonrisa, una pequeña reverencia y enseguida le extendió su mano. Héctor la tomó dentro de la suya. Sus dedos eran largos y su apretón era suave como tela fina, pero fuerte. El estar simplemente de pie no era fácil. El sentía como si estuviera viendo el cuarto desde la orilla de un precipicio y el piso fuera remolinos de agua escondiendo rocas para no ser vistas.

"¿Estás bien?" Bonnie preguntó. "Pobrecito. Cerveza y brandy no se mezclan muy bien, creo."

Pero Héctor le dijo que estaba bien. "Esta noche," él dijo, y su voz hizo eco a través de la casa, "es una noche de fiesta, una celebración. Porque las piedras del camino casi están puestas y por primera vez caminaré hacia mi cuarto sin que mis pies toquen el pasto o el suelo."

"¡Oh, solo no lo harás!" Y Bonnie asió su brazo y caminó con él igualando sus pasos con los de él. Mientras ellos se movían, ella mascullaba alguna canción como en una procesión y a la entrada de su cuarto cantó, "Da da da," el último sonido levantándose en una especie de triunfo. Después dio una vuelta, sus brazos arriba de su cabeza, y los brazaletes de plata reflejaban la luz de la luna como peces apresurados en un río claro.

Y entonces Héctor no estaba seguro de esto, inclusive a la próxima mañana no podía recordarlo exactamente. Pero después de que ella giró en un movimiento rápido y repentino, él sintió su cuerpo, la suavidad de sus senos no ceñidos del todo, al tocar su brazo y después su pecho. Y luego, como los dos eran casi de la misma estatura, el rostro de ella giró próximo al suyo y él olió su cabello como un vino floreado que él había conocido. Enseguida probó el dulce vino de sus labios y sintió el rocío de la uva al pasarlo a su boca.

Después ella se fue, y las estrellas se movían alrededor de los cielos como siempre, mas apresurándose a algún lugar que Héctor no conocía, y su cama giró con ellas, llevándolo a nuevos lugares extraños por toda la noche.

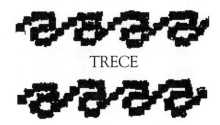

## TRECE

SIEMPRE había trabajo por hacer, algún proyecto que Bonnie quería completar. Héctor miraba y esperaba al momento que ella caminaba alrededor del patio sobre el nuevo camino, deteniéndose en un lugar y después en otro, siempre pensando y planeando. Ahora ella quería jardines estrechos que seguirían las curvas del camino de piedra.

Era diciembre y en esa parte del país era tiempo para preparar los jardines para plantar. El clima era diferente pero no difícil para que Héctor lo comprendiera. El viento del norte soplaba frío, el viento del sur siempre húmedo, el viento del oeste siempre seco. El viento nunca soplaba del este y Héctor se despertaba cada mañana para ver si eso pasaba.

El viento del sur era el favorito de Héctor porque soplaba entre los fuegos de carbón y leña de Nuevo Laredo, donde mujeres cocinaban tortillas sobre copales planos balanceados arriba de fuegos abiertos o incluso las echaban sobre calientes carbones y las volteaban con un rápido empujón y un torzón de una ramita verde. Desde allí eran llevados los vestigios de delgadas y tostadas tiras de carne que habían sido cubiertas con chiles y sal y el jugo acre de limones. Al trabajar Héctor en el patio de Bonnie, la insinuación de aquel humo tocaba sus sentidos y él podía ver a todas las mujeres de todo México y las mujeres de Huitupán, incluso Leticia, todas en cuclillas en sus faldas de colores brillantes, soplando sus pequeños fuegos con una mano y dando la vuelta a las tortillas ligeramente con la otra, dándolas a sus hijas o a sus madres quienes limpiaban la ceniza y las apilaban.

Mientras Héctor volteaba la tierra y levantaba las rocas pequeñas y añadía el estiércol seco de ovejas, Bonnie observaba y hablaba. Ella planeaba plantar flores, la mayoría rosas y margaritas, bajo el sol, y otras plantas que él no conocía bajo la sombra. Uno de los jardines tendría hierbas, algunas que Héctor había probado muchas veces — orégano, yerbabuena y albahaca — y muchas otras que eran nuevas para él o que tenían otros nombres en Guatemala. Leticia tendría que conocerlas.

Héctor preguntó por cilantro y Bonnie estuvo de

acuerdo, sí ellos deberían tener mucho cilantro pero sembrado un poco a la vez de tal forma que siempre habría algunas que no florecerían. Ella sabía mucho acerca de las plantas, no tanto como Héctor sobre el maíz, los frijoles y las calabacitas, pero sus formas de cultivarlas eran diferentes a las formas que Héctor conocía. Mas era como si ambos sintieran a la tierra como parte de ellos mismos. Héctor podría asegurarlo por la forma en que Bonnie tomó un puñado de suelo y lo apretó para probar la cantidad de barro y la cantidad de arena que contenía por la forma que se desmoronaba en su mano.

Algunas cosas fueron iguales. Cuando Héctor caminaba a través de su pequeña hortaliza, él vio listones que colgaban de las ramitas de los árboles, con pequeñas piedras amarradas en el extremo de cada uno así que los árboles serían enseñados como sentir las frutas colgar de sus ramas y darían fruta abundantemente en la primavera.

Algunos días Bonnie usaba su vestido blanco de muchas flores y estaba fuera de casa hasta tarde. Aquellos días eran los que ella llamaba su "días de México," días cuando ella cruzaba el Río Bravo con su canasta de paja enredada, caminando a lo largo del río, y traía pequeños paquetes — delgadas velas envueltas en periódicos, pequeños milagros para la buena fortuna y siempre flores frescas. Incluso un pequeño milagro para camioneta un día que su pickup coloreada rosa no quería encender.

Héctor cada día observaba como Bonnie caminaba hacia la caja del correo a un lado de la carretera para buscar cartas. El nunca había visto tanto correo. Nunca pasaba un día sin un montón de folletos coloreados brillantemente, revistas, y cartas con aspecto oficial. Pero hasta ahora, ninguna para él.

Bonnie ya no pudo llevar a Héctor a la ciudad los sábados. No era seguro, ella dijo. No tan peligroso para él como hubiera sido en Chajul, porque su vida sería tomada en algún momento, mas el peligro en Laredo era ser atrapado y encontrado por ser ilegal, lo cual él no entendía del todo. ¿Por cuánto tiempo un hombre podía ser ilegal? Todos los hombres que han nacido son los mismos, sin la elección de dónde o cuándo, y el mundo era tan grande . . . ¿cómo podría ser un hombre un ilegal?

Héctor entendía las leyes, como funcionaban, el por qué él debía ser cuidadoso, pero nunca entendió el por qué las leyes fueron hechas y quién las había aprobado; como si hubiera dioses invisibles que poseían el poder y que pasaban sus deseos a los hombres, mas estaban ciegos y nunca podrían ver si sus leyes les causaban daño.

Pero Bonnie le explicó que las leyes habían cambiado, que ahora había en los Estados Unidos algo llamado amnistía, que era una clase de perdón por ser ilegal. Mas sólo si has sido ilegal por el tiempo y las razones correctos y no intentaste no ser ilegal durante ese tiempo o nunca abandonaste los Estados Unidos para visitar a tu familia. A Héctor le parecía que la amnistía debía ser sólo para el peor de los hombres.

Cada sábado Héctor le decía a Bonnie lo que necesitaría y ella regresaba de la tienda gigante con bolsas de víveres y su dinero para la semana. El sintió que no tenía derecho de quejarse, aunque los ratos dentro de la tienda le habían dado siempre pequeños placeres — la forma en que los niños pequeños corrían y se deslizaban sobre el piso resbaladizo o tímidamente se agarraban de sus madres, como los hombres hablaban y fumaban sus cajetillas de cigarrillos mientras se apoyaban en sus pickups, el descubrimiento de nuevas cosas extrañas que su dinero podía comprar.

Bonnie siempre preguntaba si él quería los pastelillos de chocolate con crema adentro y él siempre decía que no, incluso cuando eso no era verdad. El traerle pastelillos sería como una madre trayéndole dulces a un niño, y él se enojó, aún con Bonnie, aunque sabía que eso no estaba bien. Ella sólo trataba de ser generosa, pero tal vez había olvidado cómo debía actuar con un hombre.

Pronto sería tiempo para las Navidades, Bonnie le dijo, y en sus días en México ella trajo pequeños animales de madera pintados con colores que los animales nunca podrían tener y esferas de cristal fino que centellaban cuando ella las desenvolvía bajo el sol.

A ella le gustaba mostrarle a Héctor lo que había comprado y a pesar de que a él no le importaban mucho semejantes cosas, él daba la bienvenida a la ocasión, observando como describía ella cada compra pequeña, la manera en que ella se veía y olía, la manera en que su voz en aquellas ocasiones era alta, clara y emocionada como una joven. Ella era muy bella en aquellas ocasiones y observándola, estando cerca de ella, era un pequeño regalo en su vida y uno que aceptaba agradecido.

Una noche — era viernes y casi la Nochebuena — Bonnie estuvo en la ciudad hasta tarde y cuando ella llegó a casa, Héctor la observó desde su cuarto al prender las luces de su casa. El resplandor del árbol de Navidad chispeaba contra la ventana de un cuarto oscuro, y música, a veces llena de vida, a veces lenta y triste, llenaba la noche.

Había sido lo mismo cada noche en aquella semana. Héctor yacía en su cama en la oscuridad y escuchaba las canciones, tratando de entender más cada vez que las escuchaba, pero las palabras eran suaves y mezcladas como lana en un telar y no era fácil de hacer.

Héctor casi estaba dormido cuando una puerta de un coche se cerró a un lado de la casa. Enseguida escuchó pasos moviéndose hacia la parte trasera, primero casi indistinguibles sobre el suave suelo, y después, cuando ellos encontraron el camino de piedra, fuertes y pesadas, y Héctor podía asegurar que eran las botas de un hombre.

El no tocó a la puerta, no dijo una sola palabra que Héctor pudiera escuchar, pero la luz de la cocina se encendió. Bonnie lo había escuchado, también. Quizá ella había estado esperándolo. Héctor se levantó en la oscuridad de su cuarto y observó. Bonnie estaba envuelta en un rebozo blanco que la cubría toda a excepción de sus pies. Ella no usaba zapatos. El hombre no era pesado, sino delgado, casi igual que Héctor, entonces sus pasos habían sido tomados con furia para haber sido tan sonoros.

Héctor no pudo entender sus palabras, mas cada vez que él paraba de hablar, Bonnie le decía, "No."

Finalmente ella lo dejó entrar y Héctor observaba quietamente, escondido en la oscuridad. Bonnie estuvo sentada,
después de pie, y sus brazos se movían al hablar. Habló en
voz alta y luego en voz baja para luego alzarla de nuevo.
Entonces él habló en voz alta, y la voz de ella fue más alta
y luego fue la voz de él la más alta de todos, y Héctor tuvo
miedo de que él le pegara a ella. Pero él se quedó de pie
con los brazos cruzados mientras Bonnie se movía alrededor del cuarto como si estuviera en una jaula.

Finalmente él se fue, cerrando de golpe la puerta, y
Bonnie lo siguió dentro de la oscuridad. Esa noche la
luna era sólo una pequeña pelota dura, mas era suficiente para que Héctor viera la blancura de su rebozo.
Centellaba con pequeñas chispas al moverse, abriéndose
un poco a cada paso. Sus piernas eran largas y blancas y
sus pies golpeaban las piedras como manos dando forma
al barro húmedo.

Entonces Héctor escuchó voces de nuevo, la de ella y
después la del hombre. Los sonidos emergieron juntos y
cayeron juntos, como si ellos estuvieran cantando una
vieja canción que ambos conocían muy bien.

La máquina ronroneó al encender y las luces relam-
paguearon y las llantas giraron sobre la grava, y el hombre se había ido.

Por unos pocos minutos Héctor no escuchó nada y se
preguntó si Bonnie se había ido con él, mas había
escuchado sólo una puerta del coche cerrarse. Así que
estuvo de pie en la quietud de su cuarto y escuchaba.

Entonces de las sombras de los árboles él oyó a
Bonnie otra vez. Era como si ella estuviera cantando, y

al principio Héctor pensó que ella podría estar preparando algún hechizo secreto sobre el hombre. Pronto él oyó sus pasos, cada uno tan fuerte que debió haberle picado las suelas de los pies, y el canto se volvió más fuerte, cada paso y cada palabra en perfecto ritmo.

"Maldito, maldito, maldito." El canto era pesado y forzado y Héctor, sin pensarlo, tomó un paso hacia atrás de la ventana al momento que ella pasó cerca.

"Maldito, maldito, maldito." Otra vez, una y otra vez hasta que las palabras se convirtieron en un grito y el grito se volvió un aullido, como el de un lobo solo y hambriento aullando al lado de una montaña estéril. "¡Oooh, oooh, maldito!"

Ella dio un portazo a la cocina y desapareció. La casa se apagó de nuevo y por un momento la noche estuvo inmóvil y quieta. Héctor vio de la cocina la pequeña luz del refrigerador que salía como magia cuando se abría. Se volvió a apagar. Fue cerrado.

La luz de un cerillo, y después la luz de una vela, luego otra y otra. Primero la cocina, después los otros cuartos de la casa comenzaron a brillar con velas y parecía, excepto por la suavidad de la luz, que toda la casa podría estar en llamas.

Después de unos cuantos minutos Héctor se echó y por un instante escuchó pero no pudo escuchar nada más. El hombre en el coche podría regresar, pensó, y esperó el sonido de algún motor que de nueva cuenta conocía.

Seguidamente su mente giró a un lugar de casi medio dormir donde los pensamientos no son suficientes para ser sueños, mas los sueños se han escapado de los pensamientos, y se quedó ahí hasta que cayó en un sueño profundo.

Entonces, como si estuviera en un sueño, Héctor oyó su nombre llamado suavemente. Y por unos minutos disfrutó la suavidad de la voz, el sentimiento que alguien pudiera llamarlo en la noche, porque había sido hace mucho tiempo.

Otra vez la voz. "Héctor, por favor," y él se despertó sobresaltado. Bonnie estaba afuera de su puerta.

El se deslizó entre sus ropas y salió. Ella estaba esperándolo todavía toda de blanco y le hizo señas para que la siguiera. Ella estaba sosteniendo un vaso con la forma de una esfera y al acercarse él, olió el brandy. Ella le ofreció el vaso y él dudó, entonces comenzó a hablar, a preguntar si había algo que él pudiera hacer, si estaba lastimada de alguna forma. Pero ella puso su dedo sobre sus labios para silenciarlo y movió su cabeza como respuesta a las preguntas que él nunca había preguntado.

Héctor la siguió dentro de su casa y de cuarto en cuarto. Ella se detenía ante cada grupo de velas y daba un sorbo al brandy. Luego se lo ofrecía a Héctor y soplaba las velas una a la vez como si fuera un tipo de ceremonia. Héctor tomaba del brandy y sorbía lentamente. Era como si ella fuera una chamán y el brandy posh y sería la cura a todo lo que podría estar mal.

Ella dejó ardiendo las velas de su cuarto y su humo tenía la dulzura de fruta madura y flores delicadas, y las paredes brillaban con la luz trémula de los milagros de plata. La música desde otro cuarto flotaba baja y triste en el aire, música de una gente que no tenía hogar, quien debía vagar por siempre en el mundo. Gente muy parecida a lo en que Héctor se había convertido.

El brandy y la música le hicieron sentir solo a Héctor, pero del por qué él no estaba seguro, porque en aquel instante él no quería estar ni con Leticia ni con sus hermanos ni con sus hijos. La soledad era como hambre que no quería ahuyentar con una mesa de rica comida sino que quería saborear al momento que masticaba lentamente.

Entonces Bonnie se dio la vuelta hacia él y dijo una sola palabra. "¿Bailamos?" Y cuando Héctor empezó a decir que él no conocía su manera de bailar ella puso un dedo sobre su boca por segunda vez para silenciarlo. Esa era la única palabra que ella dijo esa noche, y solo una vez. "¿Bailamos?"

Ella lo tomó y se movieron. Héctor no sabía qué hacer pero no importaba. Bonnie lo guió alrededor del cuarto a aquella música de vagabundos y al giro de los milagros de plata. El piso era suave. Sus pies se deslizaron juntos e hicieron círculos en el cuarto una y otra vez hasta que la música se detuvo.

Luego ella gentilmente empujó a Héctor y él se quedó de pie inmóvil y observando. Era como un sueño. Ella dio vueltas en un pequeño círculo, moviendo su cabeza hacia un lado. Sus ojos eran los ojos de una bruja que había caído en un hechizo de su propia creación.

Su piel era blanca donde el rebozo empezó a devanarse y las velas se apagaron, una cada vez, al momento que ella pasaba junto a ellas. Ella dio vueltas y vueltas, se tropezó una vez, y la más pequeña risa se escapó de ella.

Entonces estaba oscuro excepto por la luz de la luna pequeña y ella se acercó de nuevo a él. Por un momento ella estuvo inmóvil, luego Héctor sintió sus dedos sobre su camisa que le fue abierta y quitada. Ella tomó sus manos y las movió gentilmente hacia sus senos, y Héctor tomó cada uno como si fuera la fruta más fina y no para ser mallugada.

Su rebozo se deslizó hacia el piso y sus manos estaban sobre su cinturón y Héctor se sintió a sí mismo duramente tenso contra sus pantalones, después él estaba liberado y creció dentro de la frescura del cuarto. La cama era más suave que el plumón de muchos pájaros y las manos de ella tenían la seguridad y la fuerza de una alfarera. Su boca era cálida y húmeda como las tierras bajas de la costa, su aliento fluía de un manantial caliente y entre sus piernas la humedad yacía oscura y fértil, como un profundo lugar secreto en el bosque donde helechos llenos de hojas germinan y se ladean.

La luz de la luna se hizo más grande, después se fue. La noche continuaba para siempre y nunca terminaría, mas luego ella también desapareció.

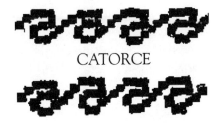

# CATORCE

HÉCTOR nunca había escuchado la expresión "a regresar al trabajo" hasta que Bonnie la usó al día siguiente. Pero él la entendió por la forma en que Bonnie hablaba y se movía, la forma en que sus palabras sólo le hablaban del trabajo que había que hacer, la forma en que un momento ella lo miraba directamente a los ojos como si lo retara de alguna manera y otras veces mantenía sus ojos distantes de él mientras hablaba por minutos largos y forzados.

Pero durante ese día había otros momentos, mientras Héctor llevaba las rocas sobrantes en la carretilla a una pila en la parte trasera, cuando él podía sentir la mirada atenta de Bonnie al moverse y su intensidad ardió adentro de él.

Mas ella no mencionó su noche juntos y después de algunos días Héctor comenzó a preguntarse si en realidad había pasado o si su necesidad desesperada había llevado su imaginación hacia un cañón del Río del Diablo que se había escondido en su mente.

El día de Navidad Héctor no había planeado trabajar y se levantó más tarde de lo usual. La pickup de Bonnie ya se había ido cuando él salió a la humedad gris de la mañana. En su puerta encontró un paquete de un verde brillante con una nota que listaba un número de pequeños trabajos para que los realizara y le pedía que regara las plantas dentro de la casa y que por favor recogiera el correo. Ella estaba pasando unos días con su hermana en California y le deseaba Feliz Navidad. Al final de la nota, grandes círculos de tinta roja decían, "Cariñosamente, Bonnie."

La caja contenía un nuevo sombrero, no de aquellos para trabajar, sino uno hecho de fieltro negro con una pequeña pluma roja en su ala.

"Cariñosamente, Bonnie." Las palabras dieron vueltas en su mente todo el día y seguían un ritmo propio. El las repetía en voz alta una y otra vez, y esas palabras, "Cariñosamente, Bonnie," estaban en todos lugares. Saltaron repentinamente del techo al momento que él tiraba hacia abajo las ramas y duros envoltorios de hojas secas. Las palabras golpeaban pesadamente desde sus pies al caminar el camino de piedras. ¿Qué significaban? él se preguntaba. ¿Cuánto cariño había en

156

"cariñosamente?" ¿Era el mismo uso de "querido" que se escribe a cualquiera incluso a un extraño en una carta?

Héctor sabía que era el día de Navidad pero de todas formas trabajó, indispuesto para sentarse inmóvil por un instante. Incluso mientras comía su comida de mediodía, se paseaba hacia adelante y hacia atrás en su pequeña casa. Cargaba una pieza fría de pollo en una mano y usaba su nuevo sombrero negro, parándose frente del espejo del baño por unos momentos cada vez. Apenas podía creer que era Héctor Rabinal a quien estaba viendo.

Los días pasaron lentamente. Héctor regaba las plantas de Bonnie, moviéndose de un cuarto a otro y acababa de pie cerca de la suave cama por muchos minutos tratando una vez más de recordar todo lo que había pasado en aquella noche mágica.

Intentó visualizar lo que podría ser vivir en esa casa con ella, el sentarse en uno de los cinco cuartos diferentes, el tener un ventilador gigante en el ático para dar frescura a través del silencioso toque de un interruptor. Quería dormir en la cama, deseando que su olor y su suavidad le regresaran todo de nuevo, pero sólo se atrevió a sentarse en el borde. Más tarde cuidadosamente quitó las pequeñas arrugas de su colcha, dulcemente como si fuera la suave piel de Bonnie.

Tres días después de Navidad, en el correo de la tarde, envuelto en la página coloreada de una hoja volante de supermercado, Héctor halló una carta para él. Al principio no lo podía creer y por unos cuantos minutos se sentó en la mesa de la cocina de Bonnie con

157

su creciente pila de correo en frente de él y simplemente miró con atención a las palabras.

*B. Cota* estaba impreso en la esquina superior izquierda con una oficina postal con dirección en Comitán, Chiapas, México. El nombre de Héctor estaba escrito con la mano familiar del padre Cota y sintió una carga de soledad, extrañeza y culpa surgiendo a través de él.

Una parte de él quería enterrar la carta sin abrir profundamente en la suave tierra del jardín donde se pudriría y nunca sería vista por nadie. Incluso se sintió enojado por la intrusión de la carta en su vida allí, una vida con buen trabajo, pagas justas, una casa sólida y seguridad — y una vida que podía compartir con Bonnie.

El sólo ver el nombre del padre Cota lo arrancaba del suelo hacia una parte de su otra vida, una que había cubierto y salpicado con todo lo que era nuevo hasta que ya no podía ver claramente ni escuchar ni incluso sentir.

Mas finalmente tenía que leerla:

Héctor, mi amigo, mi hijo,

He estado lejos de Altomirano en una misión que más tarde te relataré, así que tu carta ha estado aquí por muchos días cuando regresé. Por su contenido asumo que no habías recibido mi carta del 2 de agosto, la cual te mandé via correo aéreo hacia el domicilio del señor Tiemann.

Entonces tengo que relatarte una vez más las noticias

de aquella carta y, también de nuevo, revivir el dolor que nos debe causar a ambos.

Comenzaré desde el princio y diré lo que sé, aunque la verdad de aquellos pocos días en Huitupán nunca puede ser completamente revelada.

Después de que defendiste tu hogar de los dos soldados, viste desaparecer a Leticia, Tomasito y Efrán en la selva. Ellos seguramente fueron, como tú suponías, hacia Todos Santos y hacia la seguridad del hogar de Adolfo. Pero, y en esta parte de la historia debemos tener confianza en lo que Tomasito nos ha contado, otro grupo de tres soldados aparentemente los había visto al correr. Después de que un segundo grupo de soldados saltaron de la camioneta y vieron a sus camaradas mutilados, la mayoría comenzó a cazarte pero los otros tres siguieron a tu familia en la selva.

Esto es todo lo que Tomasito contó y debemos recordar de que él sólo tiene seis años y los eventos de aquellas horas estaban más allá de su total comprensión. Pero, evidentemente, los tres soldados los tomaron uno o dos kilómetros, porque a la mañana siguiente un anciano de Pizayal guiando sus cabras a través del fresco campo vio a los dos niños temblando y perdidos. Los alimentó con la leche caliente de la cabra y ahora ambos están sanos, mas de alguna forma Tomasito había perdido la mayoría de la visión en un ojo, probablemente por una caída en la noche. Su vista en ese ojo no ha regresado del todo y tal vez nunca. Está fuera de nuestras manos.

Tus hermanos y tus primos, y toda la gente que se

quedó (también algunos sin hogares porque los soldados destruyeron muchos) buscaron en la selva por días pero Leticia no ha sido encontrada. Tomasito contó acerca de una pelea entre los soldados y su madre y de como un soldado llevó lejos a los niños a través de los árboles hasta que ellos ya no pudieron verla. El los lanzó al suelo y les dijo que no se movieran. Luego se fue y los dejó solos. Tomasito escuchó los gritos de Leticia por unos minutos y trató de ir directamente hacia los sonidos mas después todo se volvió quieto y no pudo encontrarla, así que los dos niños vagaron en la densidad de la selva hasta que se sintieron exhaustos. Lloraron hasta que por suerte fueron encontrados.

Tomasito no puede recordar haber escuchado una descarga cerca, así que tal vez Leticia fue llevada a alguna prisión o ella pudo haber escapado y se escondido cerca del pueblo, temerosa de salir porque todo es diferente. Huitupán ya no existe.

Acabo de regresar de allí, una travesía que estuvo llena de peligro, mas tuve que ver por mí mismo, con mis propios ojos, tratando de creer la crueldad insensible que los hombres pueden infligir a sus hermanos.

Quedan los hogares de unas pocas familias esparcidas, se les permitió vivir porque ellos no son fáciles de encontrar. Todo lo demás se ha ido. Sólo queda la tierra, y los campos se están erosionando fuertemente con nadie que los cuide, y las cenizas de las casas han hecho que el río del valle se torne al color de oscuridad.

Tus hermanos Pascual y Méndez se han convertido en los líderes de tu gente. Se han asentado a través de la frontera en México, justo al sur de Comitán en un campo donde están a salvo pero eso es todo. Pascual ha tomado a los niños y los está cuidando como si fueran suyos mas no es fácil.

Quizá mi aviso de ir al norte no estaba correcto y por eso te pido tu comprensión y perdón. Porque nosotros no sabemos todo ni vemos todo y ambos sabemos que todavía estarías aquí si nos hubiéramos imaginado lo que habría de ocurrir.

No necesito decirte que se te necesita. Sé que vendrás cuando esto te haya llegado. En los viejos días te habría deseado la velocidad de Dios, mas parece que ahora ese dios sólo puede dar maldad, así que te deseo buena salud y una travesía segura.

Bartolo Cota

Por un día y una noche Héctor apenas pudo moverse. Su cama se convirtió en una prisión que no lo dejaría libre. Lo que el padre Cota había escrito agitaba constantemente su mente, y una y otra vez él veía a Leticia entrar a la selva con los niños.

Pero no se detiene con eso. El los ve haciendo esfuerzos a través del lado de la montaña, Leticia resbalándose al cargar a Efrán, Tomasito luchando para mantenerse, Leticia diciéndoles que no lloren pero sus vocecitas rebotan por entre los cañones, guiando a los soldados hacia ellos.

Entonces uno de los camisas cafés arranca a Efrán de Leticia y agarra a Tomasito y con ambos niños tratando

161

de escapar de sus brazos desaparece en la profundidad de la selva.

Los otros dos lanzan a Leticia al suelo y brutalmente toman venganza contra la esposa del asesino de sus camaradas. Una y otra vez. Y luego es oscuro y Leticia se ha desaparecido como si fuera un fantasma y Héctor en la fiebre de su imaginación no puede encontrarla.

Mas los niños vagan hasta el anochecer y todavía no se paran. Tomasito corre detrás de Efrán quien continúa corriendo y se cae en un arbusto de espinas y ahora su visión es cortada a la mitad y se da por vencido, abraza a su hermano hasta la mañana, meciéndose, llorando y agarrándose su ojo.

Enseguida el anciano los encuentra y les da leche caliente de una oveja dentro de sus bocas y beben ansiosamente y agradecidamente como si fuera la de los senos de su madre.

Fue su sueño cuando se durmió y su sueño cuando despertó. Nunca lo dejaría por un día y él no podía moverse de su cama. Siempre era un testigo que debía observar. Era su castigo y no podría escapar de él.

Bonnie regresó a ver a un hombre que no conocía. Héctor había dormido, agitado y sudado en sus ropas por tres días. No había comido. Sus ojos se habían vuelto oscuros y parecían estar profundamente escondidos en su cráneo.

"¿Estás enfermo?" ella preguntó, y él simplemente le extendió la carta. Al leerla, su rostro adquirió el dolor y el daño que Héctor sintió. Movía lentamente su cabeza, de un lado a otro al leer, capaz sólo de murmurar, "Oh, no, oh, no," a cada pocas palabras.

Mientras él recogía todas sus cosas, Bonnie preparaba comida para su travesía y le encontró una playera y unos jeans de su closet. No hablaron porque no había nada que decir. Cuando ella le metió sus últimos dólares en su bolsillo, a él no le importó lo suficiente para contarlos.

Finalmente Bonnie le dijo, "Siempre puedes regresar. Habrá un lugar para ti aquí."

Pero Héctor movió su cabeza. "Mi sitio nunca debía haber sido aquí. Estaba tan equivocado. Tan equivocado." Y su rostro se ensombreció aún más y él quería no ser un hombre sino un niño pequeño de nuevo, y así poder comenzar todo de nuevo una vez más y así poder llorar y desde algún lugar recibir la suavidad de la comodidad familiar. Porque estaba temeroso y no quería tener miedo de lo desconocido que encontraría en Huitupán, miedo por Leticia y sus hijos, y sí, desesperadamente temeroso por sí mismo.

Bonnie no podría darle ese consuelo, por razones que él no conocía. Todo lo que ella podría hacer era tocar ligeramente su brazo dos veces, después otra vez, y dar un pequeño apretón. Quizá ella sentía parte de su culpa pensando que lo había retenido por sus propias razones y lo había ayudado a mantener su sueño vivo cuando ella sabía que no podría ser.

Héctor cerró los ojos cuando Bonnie le tocó el brazo y se dijo que no quería más. Mas eso no era correcto, y lo sabía. Deseaba más en ese momento de lo que jamás pudiera haber soñado, pero lo habría rechazado si ella, de alguna manera, se lo hubiera podido ofrecer.

Entonces Bonnie dio un paso hacia atrás y dijo que lo llevaría a la ciudad, pero él dijo que no.

"Héctor," dijo Bonnie. "Lo siento. Realmente lo siento por todo."

"Hoy," Héctor dijo, "no puedo sentir nada más que una tristeza que yace por sí misma dentro de mí como una pared hecha de delgada y rasposa piedra. Hoy es un día perfecto para estar apenado y estar triste, pero mañana será diferente para ambos."

Y con eso Héctor tomó unos cuantos pasos y se paró, mirando a Bonnie. Luego con deliberación se volvió y se dirigió hacia el sur.

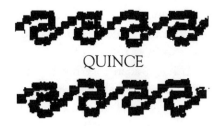

## QUINCE

SI TU PIEL ES CAFÉ y viajas hacia el sur a nadie le importa. A mediodía, Héctor se desnudó y atravesó el Río Bravo justo en el oeste de Laredo, balanceando todo lo que tenía con una mano sobre su cabeza. El agua era espesa, café y fresca y se apuró a vestirse de nuevo en el otro lado, temblando bajo las nubes temblorosas.

Los camiones no estaban tan llenos en el camino de regreso y los pasajeros estaban más calmados, como si la fiesta a la que habían venido hubiera terminado y ahora era tiempo de regresar a la cotidianidad de sus vidas.

Héctor durmió todo lo que pudo. Había dividido su dinero en tres sacos. La mayoría lo puso en la parte profunda de su calcetín en la parte trasera de su bota; otro, un rollo más pequeño de billetes, lo enrolló una vez a lo largo y lo escondió en la parte plana del ala de su nuevo sombrero de fieltro. El resto lo empujó profundamente en un bolsillo y eso es lo que sacaba para la comida mientras viajaba.

Todos los camiones eran iguales. Se ladeaban, bramaban, brincaban, chirriaban y viajaban a través del país como si fueran conducidos por unos locos. Olían a fruta agria, orines, niños enfermos y a cerveza. Los pasajeros iban hacia adentro y hacia afuera en las paradas, todo todavía era igual. Algunos se sentaban a un lado de Héctor y hablaban, pero él escuchaba poco y no entendía nada. Sus rostros y sus cuerpos cambiaban y Héctor no se daba cuenta ni le interesaba.

Durmió con su sombrero asido a través de su pecho por la noche, ladeado y escondiendo su rostro en el día. Su mundo se convirtió en un sueño continuo con muchos finales, un sueño que él nunca podría cambiar. Siempre estaba Leticia con sus gritos. Algunas veces Héctor la salvaba con fortaleza superhumana empujando los camisas cafés y aventándolos con fuerza hacia un lado como secas cañas de azúcar. Mas la próxima vez él estaría incapacitado para moverse, como si sus pies estuvieran profundamente enterrados en la tierra que estaba hecha de pegamento, y no podía hacer nada pero sólo observaba para finalmente gritar, y después se despertaba cuando las personas sin rostro próximas a él le daban un golpe a través del brazo.

En Huajuapan el camión se detuvo y haraganeaba

mientras los pasajeros se deslizaban unos detrás de otros en el pasillo. Afuera, Héctor observó a una mujer vestida de rojo sosteniendo a un bebé. El bébe se mantenía pegada a sus faldas con sus pies, arqueando su espalda y moviendo sus bracitos como si fuera un bebé pájaro casi listo para volar. Mientras el bebé empujaba y saltaba, la mujer miraba fijamente a Héctor con una mirada llena de curiosidad en su rostro, y al momento que el camión se alejaba, ella abrió la parte delantera de su vestido exponiendo un pesado seno café, y cuando el bebé encontró su pezón, ella le dio una sonrisa a Héctor.

En aquellas cortas paradas, los vendedores introducían violentamente sus mercancías en las ventanas abiertas. Había bolsas de plástico de bebidas de muchos colores con popotes a rayas, buñuelos cubiertos de miel y rebanadas de melones. Héctor escogió cuidadosamente, sabiendo que el dinero nunca podría ser tan fácil de obtener de nuevo.

En Comitan, Héctor se bajó envarado del camión. Guatemala no podía estar a más de cien kilómetros hacia el sur — sus niños estaban en algún lugar cercano, exactamente donde el padre Cota le contaría. En el mercado tomó un colectivo que lo llevó entre las colinas rodantes de caliza hacia Altomirano.

Héctor le contó al padre Cota su historia por dos días, sin esconder nada, buscando en su memoria detalles que antes se le habían escapado. El padre Cota escuchaba cercanamente, generalmente deteniéndolo para esclarecer algún evento o para preguntar lo que estaba en su corazón en este o aquel momento.

Parecía que el padre Cota había ganado muchos más años en unos pocos meses desde que Héctor lo había visto. Ya no se podía mover rápidamente como un joven pero se había sumergido en sí mismo y usualmente estaba sentado en un solo lugar por horas, poniéndose de pie únicamente con un esfuerzo doloroso.

Cuando la historia de Héctor estuvo completa, y había dormido y comido de la cocina del primo del padre Cota, los dos hombres se mitigaron fuera de la casa y emprendieron su camino hacia la iglesia. Allí el padre Cota una vez más arregló las velas entre el piso de hojas de pino, esta vez con colores diferentes: más naranja, amarillo y un azul que casi era negro. Esta ceremonia fue más simple. El padre Cota tenía un asistente, un joven quien había nacido con la gracia y era entrenado para convertirse en un chaman; él cantaba y pasaba el posh mientras el padre Cota estaba de pie y observaba atentamente hacia arriba con sus ojos medio cerrados.

Sólo una vez en la ceremonia de limpieza el padre Cota susurró algo a su asistente y entonces se unió a Héctor quien estaba de rodillas en el suelo compacto, porque incluso un chaman debe pelear en contra de la oscuridad que está en todos lados, incluso en su propia alma. Los dos hombres unieron sus manos y las levantaron, sosteniéndolas mientras sus voces eran unidas en el humo flotante de la habitación.

Después, de regreso a la casa, el padre Cota le dijo a Héctor cómo encontrar San Caralampio, un campamento en el sur de Comitán donde Pascual y su esposa cuidaban a Tomasito y Efrán.

En el mercado de Comitán, Héctor encontró a un vendedor de sombreros y cambió su sombrero de fieltro, el regalo de Navidad de Bonnie, por uno de paja entrelazada de un campesino. Con el dinero extra del intercambio Héctor compró un machete, uno que estaba usado pero hecho de acero más pesado que los nuevos. Su hoja había sido afilada con el filo que sólo las hojas finas pueden tener. El encontró a un estuche de piel curtida de vaca decorada con flecos de piel y el machete se deslizaba suavemente dentro de él con su mango saliendo como si hubieran sido hechos por las mismas manos.

San Caralampio yacía al este de la carretera principal que guiaba hacia la frontera de Guatemala. El camino hacia él era poco más que un camino lleno de piedras, demasiado áspero para atravesar por colectivos o camiones, así que Héctor caminó cinco kilómetros desde la autopista. En el camino, los sembradíos del maíz del año pasado con rastrojo se desplegaban en un valle fértil que se extendía de norte a sur. Pero la tierra circundante se levantaba y aplastaba como altiplanicie de rocas salientes. Los pocos árboles torcidos que Héctor vio frente a él se asían a los estratos altos de rocas como los últimos sobrevivientes de otra época.

Héctor, al moverse hacia el este, empezó a ver las primeras casas de San Caralampio sobre una saliente arriba de él. Había casas miserables hechas de ramas secas de caña de azúcar con partes débiles de cartón o lata para las puertas. Al acercarse, el camino se tornó escarpado y el suelo bajo sus botas se convirtió en vainas de roca roja. Las casas estaban asentadas tiesamente sobre la tierra, y el suelo alrededor de ellas no podría soportar una sola flor mucho menos un pequeño jardín o sembradío. Porque no había tierra para el cultivo; había sido acabada e impelida hacia el valle siglos antes.

A lo largo de los extraños que se asomaban de sus frágiles casas, Héctor finalmente vio una o dos caras familiares, y los niños pequeños rápidamente corrieron en todas direcciones divulgando la noticia que Héctor Rabinal había vuelto.

En unos pocos minutos Héctor distinguió a una multitud viniendo hacia él, Pascual guiando el camino a trote. Al abrazar a su hermano más joven, sus ojos buscaron a Leticia entre los rostros, mas ella no estaba ahí. Luego otros, Rafael, su primo, y después dos sobrinos, una tía que se acercó sobre su pierna mala. Había pocas mujeres y cuando Héctor preguntó por qué, Pascual le dijo que todas estaban en el pozo del pueblo, cada una esperando llenar sus dos jarras que tendrían que durar para todo el día. Porque sólo había suficiente agua subterránea para hacer funcionar la bomba por treinta minutos cada mañana.

"¿Leticia está allí, con las otras mujeres?"

Pascual movió su cabeza y tomó el brazo de Héctor. "Ven, debes ver a tus niños y después podemos hablar."

Tomasito había estado explorando una caverna cercana y escuchó tarde la noticia, pero cuando se enteró, vino corriendo y de un salto estuvo en los brazos de Héctor, sus piernas cerradas fuertemente alrededor de la cintura de su padre. Héctor no podía decir nada, sólo mecer al niño de un lado para otro. Finalmente sentó a Tomasito y se puso de rodillas en frente de él. "Déjame ver ese ojo," Héctor dijo, y tomando su sombrero hizo sombra sobre el rostro del niño. El ojo derecho estaba brillante y tan café como la semilla de cacao, mas el otro tenía algo lechoso que flotaba como una delgada nube alta.

"Todo lo que necesito ver lo puedo ver con éste," Tomasito dijo, porque sintió la frustración y el miedo de Héctor.

Héctor sólo pudo abrazarlo de nuevo hasta que Tomasito se escapó y se fue corriendo con un amigo ansioso de regresar a la caverna.

"¿Y Efrán? ¿Está allí?" Y Héctor buscó una vez más en la multitud de rostros.

Entonces vio a Adelina, la esposa de Pascual. Estaba parada a un lado de una casa cercana, sosteniendo a Efrán. El niño estaba flaco y el café de su piel se había convertido casi en amarillo.

"Desde que llegó ha estado enfermo," ella dijo. "El agua, quizá, o porque Leticia no está aquí. ¿Quién puede saber?"

"¿Tiene un chaman?" Héctor preguntó. "¿O hay un doctor que pueda venir de Comitan? Uno que sepa qué hacer."

"Una vez tuvimos poca medicina y pareció que ayudó pero se acabó. Y el padre Cota ya no pudo hacer el viaje hasta aquí más de una vez en pocas semanas. Hacemos lo que podemos pero no hay nada en este lugar incluso para los tés que hacíamos en Huitupán."

Héctor se acercó a Adelina quien, a diferencia de los demás, tenía el familiar listón púrpura sostenido en la negritud de su cabello. El se puso tomar a Efrán, a hablarle, pero el niño sólo lo veía vaciamente como si él nunca hubiera visto antes a su padre.

"Esto no funcionará," Héctor dijo. "No podemos vivir de esta forma." Se volvió hacia Pascual. "¿Tienes campos para trabajar? ¿Por qué los hombres no están en los campos?"

"La única tierra que tenemos es ésta." Y Pascual movió su brazo alrededor para indicar la colina rocosa.

"Cuando caminé hacia aquí, había campos con mucha tierra para sembrar maíz, frijoles y calabaza a ambos lados de la carretera."

"Oh, trabajamos en esos campos," Pascual respondió, "y, sí, el suelo es rico, pero la tierra pertenece a un hombre que vive en San Cristóbal y su capataz solamente nos necesita para plantar y para la cosecha y por eso somos pagados no más que los niños. Los mexicanos no nos quieren aquí. Temen por sus propios trabajos y guardan como oro la importancia que tienen con sus patrones. Comenzarán a plantar el próximo mes y nos necesitarán, pero por ahora todo lo que podemos hacer es esperar."

"Nos iremos, entonces," Héctor dijo. "He viajado del sur al norte de México y es un país inmenso. Habrá otros lugares donde podamos otra vez tener la oportunidad de vivir como lo hacíamos en Huitupán."

"No hay forma," Pascual dijo, y Héctor pudo ver que sus ojos eran aquellos de un hombre que ya no podía imaginar más allá de ese día. "Los mexicanos, sus militares, no dejarán irnos. Incluso escuchamos rumores que seremos regresados a Guatemala o reinstalados en algún lugar del sur que es peor, con sólo pantanos y más enfermedad. Estamos mejor quedándonos aquí y tomar lo poco que nos es dado."

Enseguida fueron a la casa de Pascual y se sentaron en la áspera roca que era el piso mientras Adelina calentaba tortillas sobre los carboncitos. Héctor rehusó comer o tomar cuando había tan poco. Miró atentamente a Efrán, quien yacía indiferente en una esquina, y recordó con culpa el supermercado en Texas, con sus filas y filas de comida y como había querido que Bonnie le llevara sólo aquellas cosas que había aprendido que eran lo mejor, como había sentido poco de coraje como el de un niño despojado cuando ella olvidaba algo.

"¿Y qué de Huitupán?" Héctor preguntó. "¿Está tan mal como me contó el padre Cota?"

"No reconocerías el pueblo de tu padre." Pascual daba golpecitos para quitar las cenizas de una tortilla al hablar. "Oímos que el gobierno lo poblará de nuevo con aquellos que considere leales porque la tierra es muy rica para dejarla a su suerte. Pero nosotros no fuimos desleales porque todo lo que queríamos era sembrar la tierra que era nuestra. No nos importaba todo lo demás porque los frijoles, el maíz y las calabazas son iguales sin importar quién se siente en lo más alto de la capital."

"¿Y qué de Leticia?" Héctor preguntó. Y sabía que cuando las palabras salieron de él, había estado esperando mucho tiempo para hacer esa pregunta. "¿Ha habido algún otro aviso?"

"Nada." Pascual miró hacia el suelo al contestar y Adelina sacó agua de un pequeño tazón y comenzó a bañar cuidadosamente a Efrán, limpiando las pequeñas protuberancias de su cuerpo con cortos y suaves golpecillos. El niño no hizo ningún sonido.

"¿Qué crees que le haya pasado? Eres mi hermano. Debes tenerme confianza."

"La única verdad que te puedo decir, mi hermano, es que nadie sabe. Quizá la verdad será encontrada porque ella puede estar todavía viva." Y por un momento hizo una pausa. "Pero entre más tiempo pasa sin ningún aviso, más oscuras parecen sus oportunidades."

Luego Pascual sintió que no había más que decir acerca de Leticia, que no tenía forma de ayudar a su hermano, así que le preguntó a Héctor sobre su aventura en el norte. La historia de Héctor dio vueltas alrededor del cuarto por horas, encontrando su camino desde el corazón de Héctor e inundando a su hermano. Cuando vino la parte sobre Bonnie, Adelina se apartó como si honrara la cercanía de los dos hombres.

"¿Entonces fue duro para ti regresar?" Pascual preguntó. "¿Dejar la casa con agua caliente, mucha comida y una bella patrona?"

"No tan duro como habría sido quedarme," Héctor contestó y Pascual asintió, sí, había entendido. Y para él, Héctor era el mismo hombre que se fue, un hermano mayor a quien siempre había seguido. Y vio que eso no podría cambiar.

174

Pascual se movió entre el cuarto pequeño y sacó una pila de cobijas. Cuando regresó sacó un corcho de madera de una jarra con forma de un gallo rojo. Se lo pasó a Héctor. "Le dije a Adelina que no probaría esto hasta que regresaras."

Entonces dijo, "Y pensé que nunca lo harías. Bebe, mi hermano." Rió como si fueran niños de nueva cuenta y esa risa era la primera que Héctor había escuchado en todas sus horas de estar en San Caralampio.

Los hermanos bebieron y sintieron el año pasado comenzar a reedificarse a sí mismo, como un puente de viñedos estirándose sobre el río de una alta montaña.

Esa noche, mientras el resto de ellos dormía — Pascual, Adelina, sus tres niñas, Tomasito, y Efrán — todos extendidos sobre el piso, casi llenando todo el cuarto bajo la delgadez de las cobijas viejas, Héctor vagó por la áspera colina de piedra y finalmente sintió la noche abrirse sobre él.

Había sólo una cosa por hacer. Era tan simple que él se preguntaba por qué nunca se le había ocurrido antes.

En la casa se detuvo a lo largo de los durmientes. Pascual temblaba. Héctor encontró a Efrán, luego a Tomasito, y yació entre ellos abrazándolos hasta que la luz gris comenzó a barrer a lo largo del pobre techo. Después, sin ninguna palabra, se fue.

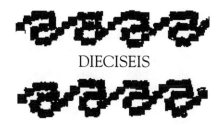

## DIECISEIS

LA LLAVE era encontrar a Leticia. En la noche la claridad de aquella solución había abrumado a Héctor con su aparición repentina. Con Leticia de regreso el pequeño Efrán respondería y se aliviaría de lo que sea que sufre. Ella sabría las pócimas y ungüentos para usarse en el ojo de Tomasito. Leticia sería fuerte para suavizar la memoria de Bonnie y todo lo que había visto en el norte.

Al moverse Héctor velozmente desde las tierras bajas de México y comenzar a escalar hacia las montañas que señalaban la frontera guatemalteca, su mente se movía desde la invención de formas de buscar a su perdida, por ahora efímera esposa, hasta recordar el olor del cabello de Bonnie y las pequeñas gotas de sudor que se formaban arriba de sus labios cuando ella trabajaba a un lado de él.

Para el segundo día él sabía que se había internado en Guatemala aunque estaba lejos de cualquier camino o cualquier anuncio. De alguna forma el aire tenía un sentimiento que era familiar, no sabía si por la altitud o por la mezcla de maderas que se confundían en el humo de las casas esparcidas. Quizá se había vuelto como algún pájaro inmigrante que no podía evitar excepto responder al invisible impulso de lo que siempre había sido su hogar.

De la esposa de un cabrero compró una pila de tortillas y algunos huevos. Mientras ella las calentaba, él bebió a una taza de bronca leche caliente de la mañana. La mujer le habló como si él perteneciera ahí; el sonido de sus palabras era aquél de las palabras de su padre. Casi había olvidado quien era, que no era mexicano y no era un ilegal sino un hombre de las montañas guatemaltecas, y en ese momento supo que ellas eran su hogar.

Pascual y el padre Cota le habían dicho a Héctor que los hombres de Huitupán habían buscado a Leticia y no dudaba que era verdad. Pero él sabía también que el pánico verdaderamente se había diseminado por entre el pueblo cuando los soldados vinieron e incluso el hombre mejor intencionado, incluso sus propios hermanos, habrían visto primero por la vida de sus propias familias.

Así que era un problema ser más sistemático, más

cuidadoso. Buscaría primero en la selva, todo el camino hacia Todos Santos, si fuera necesario. Los lugares secretos de las cuevas, los árboles y las barrancas profundas los conocía como un joven conoce la suavidad del cuello de su amante.

Si no encontraba rastro de ella allá, entonces iría de casa en casa, después de pueblo en pueblo moviéndose en un interminable círculo desde Huitupán. En algún lugar la encontraría. Después . . . y allí Héctor se detuvo porque no podía ver claramente más lejos.

Pero ¿qué si él descubre que ella había muerto en las manos de los soldados? Con ese pensamiento caminó más rápido, dando fuertemente cada paso en el suelo para castigarse por el sueño que se había metido en su mente. Porque sabía que sin Leticia el campamento en San Caralampio nunca funcionaría para él o para sus hijos. Despreciaba la parte de él que secretamente deseaba que fuera así.

Porque sabía que sin Leticia los tres se irían a Laredo. Podrían ser llevados por un camión casi todo el camino porque Héctor todavía tenía un gordo rollo de dólares en su bota. Bonnie conocería los doctores correctos y pronto Efrán estaría corriendo en los pasillos de las tiendas gigantes y el ojo de Tomasito estaría curado. Héctor podría trabajar para Bonnie y quizás todos ellos podrían vivir juntos en su gran casa. Todas las cosas eran posibles en los Estados Unidos.

¿Y si encontrara a Leticia escondida en alguna remota choza de un campesino en un cañón olvidado? ¿Entonces qué? Esa posibilidad cayó sobre sus hombros como una carga de leña verde y su mente esparció por un lado y otro con las posibilidades. Quizá Leticia iría con ellos. Todos ellos podrían vivir juntos y Leticia podría cocinar y cuidar a los niños. A Bonnie le gustaría porque ella era una mujer gentil y no mostraría su enojo. Héctor podría amar a las dos, porque en verdad él lo hacía, cada una en diferente manera.

Entonces Héctor gritó duro, donde todos los árboles y las rocas que pasó pudieran oír, "¡Héctor Rabinal, te has convertido en un tonto!" Porque sabía que Leticia no iría e incluso si ella lo hiciera, Bonnie se reiría de él por soñar semejante sueño.

Héctor se movió cautelosamente al acercarse a Huitupán, luchando contra el impulso de prisa porque había estado caminando por cuatro días y estaba ansioso de llegar. Pero descansó en la orilla de la selva hasta que casi oscureció, la misma selva que bordeaba su huerto, la misma selva que lo había escondido tan bien de los soldados cuando tuvo que huir. Se sintió cómodo allí y observó quietamente. Pudo ver la pequeña plaza del pueblo abajo en el valle pero parecía desierta. Muchas de las casas que recordaba eran sólo montones negros sobre la tierra. Pensó que podía ver el humo viajando de una casa o dos que todavía se encontraban en pie, mas no pudo estar seguro por el gris de la tarde.

Su casa ya no existía. Solamente la mitad de una pared estaba de pie, negra contra el peñasco atrás de ella. La carretilla de dos ruedas de Héctor todavía se encontraba inclinada próxima a las ruinas de la casa. Las lluvias habían lavado mucho de la ceniza hacia la colina dejando los restos blancos bajo el sol. Parecía como si nadie hubiera vivido ahí por años.

Había surgido mala hierba en los campos y los pequeños brotes de árboles, y los terraplenes tenían pequeños riachuelos donde se habían erosionado y no habían sido reparados. El ver su tierra tan destrozada lastimó a Héctor. Pero, al menos, nadie más estaba trabajándola. Quizá los soldados no regresarían y la tierra podría ser reclamada. Quizá había un nuevo gobierno en la capital y ellos habían pasado sus propias leyes de amnistía. Podría ser, pensó, pero no, el padre Cota seguramente lo habría sabido.

Justo en la oscuridad él bordeó el huerto, quedándose en la orilla de la selva, y después intrépidamente se deslizó a través del campo abierto hacia las ruinas de su casa.

Evidentemente alguien había buscado entre las cenizas porque Héctor casi no pudo encontrar nada. En una esquina el comal gigante que había sostenido tantas tortillas yacía dividida como una estrella rota. Pateando los vestigios encontró la achicharrada caja que contenía el collar de bodas de Leticia y el vestido de colores brillantes que su madre había tejido para ese sagrado día. Pero estaba vacía. ¿Pudo Leticia haber regresado después del fuego para llevárselos?

Héctor se sintió aliviado cuando estuvo demasiado oscuro para ver más. Esta era la casa que él y sus hermanos habían edificado muy sólidamente con sus propias manos, con barro de un lado de la colina y ramitas de la selva que la circundaba. Y ahora, para Héctor ver esa casa reducida a no más de una pila sin importancia le causaba una gran tristeza que lo atravesaba. Pudo sentir la tristeza empezar, sabía de donde venía, y luchó contra ella, mas era tan imparable como una cascada de primavera.

Héctor se arrodilló en la oscuridad a la mitad de lo que había sido su casa. Tomó dos grandes puños de cenizas y polvo, y los sostuvo enfrente de su cara para después aventarlos con violencia y dejarlos caer sobre él como la suave lluvia después de un volcán. Hizo esto una y otra vez hasta que estuvo inmerso con las reminiscencias de su casa y sus lamentos fueron barridos suavemente entre el valle.

Encontró el viejo camino familiar hacia el río. Allí se desnudó y se echó sobre el agua que corría, luego vadeando hacia un remanso donde buceó hasta el fondo.

Más tarde, en las sombras del río, cuidadosamente lavó sus ropas, quitando la arena y la ceniza de ellas de la misma forma que había limpiado sus ropas de sangre meses antes. Mañana estaría preparado para iniciar la búsqueda de Leticia.

Se puso sus pantalones y su playera que Bonnie le había dado y colgó sus ropas mojadas a través de las ramitas de un arbusto bajo. Yacía donde el sonido del río corría por su mente y no permitió que el resto de la noche entrara. Luego se durmió.

Al siguiente día sintió que la seguridad de su plan comenzaba a debilitarse. Con el sonido del río tan cerca no pudo escuchar ninguno de los sonidos del valle que recordaba. No había pollos cacareando o burros quejándose o el chillar y pelear de los perros. No había gritos de juego o impaciencia de los niños. Nada excepto el remolino y la carrera del agua al curvear y cortar su camino hacia la montaña.

Era como si, al llenar sus orejas con la constancia del agua, hubiera perdido sus sentidos de escuchar. Se sintió vulnerable e incluso débil y una o dos veces tuvo que pelear con un pánico que descendía sobre él, uno que lo urgía a buscar refugio en la selva una vez más y encontrar su camino de regreso a San Caralampio.

La historia de lo que contaría tomó forma en su mente, como había buscado el bosquecillo todo el camino hacia Todos Santos, como había encontrado algunos huesos pero no podía asegurar que eran de Leticia. Como nunca pudo encontrar otra pista. Como habló con los pocos esparcidos que quedaban aislados en sus chozas dentro de la montaña y como ellos se veían silenciosamente y encogían los hombros, cada uno estando ignorante o teniendo miedo de hablar con él desde que los informadores de los soldados podían ser cualquiera o estar en cualquier lugar. Finalmente se dio por vencido y regresó para tomar a sus hijos, su historia imaginaria se fue, llevarlos hacia el norte donde podrían ser tratados y curados. Nadie pudo tener culpa con eso. Nunca nadie sabría.

Pero aún cuando la historia daba vueltas en su cabeza realizó su camino de regreso por la difícil cuesta que se levantaba hacia las ruinas de su casa. Atrás de ella, arriba contra la pendiente áspera que le daba refugio, hizo su campamento. Desde allí, los sonidos que él conocía tan bien regresaron y de alguna manera se sintió lleno y restaurado. Otra vez su plan para encontrar a Leticia parecía inevitable. Para probar que su espíritu renovado era real y existía no sólo en su imaginación, encendió un pequeño fuego y quemó ramitas de su casa y observó el humo ascender y ondular, asiéndose a un lado del peñasco, anunciándole a alguien que pudiera ver que de esa forma Héctor Rabinal había regresado para hallar a su esposa. Y quizá para reclamar su tierra.

Por la manera que vio sobre los terraplenes de sus campos, sintió una necesidad ascender desde lo profundo de su ser, una tan básica como su necesidad de una mujer, una que lo apuraba a hallar un par de bueyes y un arado de madera y una vez más voltear el campo para la siembra. Era temporada para eso.

Mientras esperaba que el fuego se tornara carbón, limpió un lugar suave cercano con la punta de su bota. Se puso de cuclillas para cepillar y dejarlo suave y con una varita delineó el valle de Huitupán y la selva que se extendía abajo de las montañas hacia Todos Santos. Este sería el mapa que lo guiaría. El río se convirtió en una serpiente ondulante en la arena. A lo largo de cada lado Héctor dibujaba casas, sabedor de que algunas no estarían más allí, después el pueblo mismo con su zócalo que contenía el pequeño gazebo. Había jugado allí las tardes de los domingos cuando era un niño, mientras sus padres se paseaban en la plaza y se sentaban con su gente y observaban a las ancianas entrar y salir de la iglesia simple con envoltorios de lirios frescos levantados de las orillas del río.

Extendiéndose lejos hacia una orilla, dibujó a Todos Santos mas no con el mismo detalle. Había estado allí muchas veces pero su memoria era la de un hombre y no tan vívida como la de un niño.

Conocía bien la selva entre los dos lugares, y trazó el bosquejo de un arroyo que se llenaba sólo en el otoño y un macizo de árboles gigantes de nuez que había observado cuidadosamente, recogiendo las duras y grasosas nueces cada invierno. Una vez encontró una rama gigante podada del resto del árbol por una tormenta y después de días talló una banca de árbol de nuez para Tomasito (esto antes de que Efrán hubiera sido concebido), todo de una sola pieza. Sólo había agregado más combustible para el fuego.

Calentó las últimas de sus tortillas sobre los carbones y revisó su trabajo. Era exacto, casi a escala y estaba complacido. Había levantado su ánimo tener un plan, uno que sabía que podría seguir hasta el final.

Extrañó una taza de café caliente como Bonnie lo hacía cada mañana y a veces le llevaba, espeso, dulce y rico con crema. Pero pateó el fuego y tomando sólo su machete y su determinación se internó hacia Todos Santos, entrando a la selva exactamente donde vio por última vez a Leticia.

El bosque tenía una forma propia de reclamar, curando las cicatrices de los pies y machetes de la misma manera indiferente, y Héctor pudo ver que no había rastro de la lucha con pánico y de la cacería que habían ardido entre la quietud sólo algunos meses antes. Una vez más revivió aquel día, tratando de medir qué tan lejos habría estado Leticia antes de que los soldados la tomaran. Buscó un lugar donde el suelo estuviera arañado y maltratado, huellas o rastros o memorias de magulladuras que la suave tierra o los árboles o las hojas secas mal colocadas en el suelo pudieran recordar.

Pero no encontró nada.

Bebió del río cuando tenía sed y encontró nueces, dispersadas y descuidadas, bajo el macizo de árboles.

Una vez escuchó un grito y después otro en la distancia. Hicieron eco entre la selva y se volteó tratando de localizar su fuente, pero después todo quedó quieto excepto por el sonido de los gallos de las montañas.

Esa noche, en las ruinas de su casa, yacía exhausto bajo el cielo sin luna. Se había llenado a sí mismo con el agua del arroyo y por un momento olvidó su hambre, pero sabía que al siguiente día no podría continuar sin comida.

Repentinamente Héctor sintió algo detrás de él. Había sido un ruido indistinto, no el crujir de una hoja seca o incluso el pito de una respiración tensa, pero sabía que algo se le había unido. Su mano moderadamente siguió su camino hacia su machete.

Entonces una voz empujó entre la noche y Héctor se saltó sobre sus pies. Con un movimiento de su muñeca deslizó la cubierta de su machete.

"Héctor," la voz desde la oscuridad golpeó con incertidumbre. "¿Eres tú?"

La voz se movía hacia él y se convirtió en la de un hombre y después no más que el sonido de un chico joven. Héctor esperaba silenciosamente.

"Es Paco," dijo la voz, y ahora Héctor pudo ver su cara. "El hijo de Rafael, tu primo."

Héctor ya no podía haberlo conocido, incluso ante la luz de la mañana, pero tiró el machete y lo abrazó hasta que el chico, trabajosamente, lo empujó.

Entonces se sentaron a conversar. Héctor no tenía comida ni bebida que ofrecerle, pero escarbó en el fuego para que pudieran ver. De un pequeño morral Paco extrajo un corrioso pedazo de carne de chivo que compartieron mientras hablaban. Paco le contó cómo se había escondido cuando los soldados llegaron y por qué siguió escondido cuando su familia huyó a cruzar la frontera.

"Hay una muchacha," le dijo, mientras Héctor escondía una sonrisa. "Vive en Chajul con su madre y no podía dejarla, ya que pronto nos casaremos, cuando haya calma y tranquilidad en el país y pueda tomar un pedazo de tierra que se me ha prometido y empezar a trabajarla." Decía esas cosas para mostrar que se había vuelto un hombre. Héctor vio que era así.

Héctor le explicó a Paco por qué había vuelto y le mostró el mapa que se estremecía con sombras en la suave tierra. Con una mano borró un tercio de los bosques. "No hubo ningún signo aquí. Nada. Pero mañana cubriré este resto," e hizo un círculo con una varita sobre otro tercio del mapa.

Héctor gozó la manera en que había dibujado el mapa. Le permitió un plan y le recordó que todavía podría descubrir alguna forma deliberada de vivir su vida. De la misma forma en que se había sentido cuando contemplaba un campo de maíz tierno, uno que se había llenado de malas hierbas por las lluvias de la primavera. Cuando empezaba a azadonar sólo trabajaba en la fila delante de él, sin atreverse a voltear hacia el campo entero, temiendo sentirse inundado por la magnitud del trabajo. Al finalizar el día y contemplar el trabajo realizado, no podía dejar de sorprenderse ante la cantidad de terreno laborado.

Paco estudió las líneas y curvas en la arena y asintió. Al ver que el plan era bueno se levantó, estirándose un poco, y habló suave, cuidadosamente, como un hombre sabio. Dijo que iría con Héctor, que cubrirían juntos mejor y más rápido el terreno. Dijo que la desaparición de Leticia había sido un misterio, que nadie la había visto.

Y eso no fue todo. Tres muchachos, casi todos de la edad de Paco, habían desaparecido también. Después de varias semanas descubrieron que no habían ido a México con sus familias ni habían sido escondidos por amigos o parientes. Algunos decían que se habían unido a los rebeldes y otros que los camisas cafés los forzaron a unirse al ejército. Nadie sabía la verdad. Quizá los habían matado en venganza.

En ese momento Héctor tembló, sintiendo la sangre que había sacado de los soldados corriendo por todo el campo, deslizándose en un arroyuelo lento desde la punta de su machete como si nunca fuera a acabar.

"Deberías ir con tu padre," dijo Héctor. "El puede usar tu energía y jovialidad en San Caralampio, porque su vida no es fácil. Y para ti es peligroso que estés aquí, especialmente si estás conmigo."

"No me malinterpretes," dijo Paco de manera tímida o sorprendida, lo cual por la oscuridad Héctor no pudo saber. "Te ayudaré, porque tu búsqueda es honorable y correcta, pero no me quedo aquí por ti, y no me iré por amor a mi padre."

Héctor movió la cabeza. Entendió, porque parecía como si ni siquiera hubiera pasado un día desde que sintió lo mismo por Leticia.

Guardaron silencio por un largo tiempo, yendo a donde encontrarían reposo en sus mentes.

Héctor pasó la noche medio sumido, buscando a tientas a través de un bosque impenetrable. Cuando despertó, la tierra alrededor de él estaba llena de rastros como si hubiera dormido con una manada de jabalinas sin descanso.

Con Paco cerca, la búsqueda de Leticia empezó a cambiar. De las pequeñas casas que parecían colgar tenazmente de las laderas, y de la densa jungla boscosa, la gente empezó a aparecer. Al principio sólo pudieron recordar a Paco, aunque todos conocían a Héctor y entendieron inmediatamente por qué había vuelto. Vieron a Paco tan joven e ileso, sin haber ofendido a los militares. De cualquier forma hablaban cuidadosamente y difícilmente se acercaban a Héctor. Pero después, mientras más y más de ellos aparecían, como si salieran de ningún sitio, empezaron a incluir a Héctor, al principio con un asentimiento y después con un caballeroso apretón de manos; para el tercer día, cuando la palabra había florecido cubriendo el valle y las montañas, ya había alegres abrazos y promesas de ayuda. Un niño había encontrado un pedazo de blusa, con el bordado andrajoso y descolorido. Podría ser de Leticia, preguntó. Héctor tomó el jirón en sus manos volteándolo y volteándolo, acariciando la textura con los dedos. Pero él sólo podía recordar del día que ella desapareció el dolor y el miedo que ensombrecían la cara de Leticia, y se sintió avergonzado. Ya ni siquiera sabes qué ropas usó tu mujer, se lamentó. Ya no mereces una esposa buena y fiel. Y comprendió lo que su gente debía pensar de él ahora.

Pero se equivocaba. De todas las partes del cercano valle, viejos amigos y primos y sobrinos aparecieron, todos dispuestos a ayudar, a hacer algo, aún si fuera peligroso, porque se habían recluído en sus propias vidas secretas por tanto tiempo que se habían empezado a sentir como perros con la cola entre las patas. ¡Héctor Rabinal regresó! ¡Héctor Rabinal regresó! Debemos ayudarle a encontrar a Leticia. La frase creció como agua en una roca plana y Héctor pudo sentir los espíritus de la gente explotando como pájaros que salían disparados del borde de una rama.

Con sus esposos e hijos las mujeres le mandaron a Héctor bolsas de comida y tés de raíces y corteza de árboles. Héctor encontró milagros y paquetes secretos de hierbas escondidos entre las tortillas y carne de chivo. Pero nada ayudó. Leticia aún no aparecía.

Para la sexta noche el mapa en la tierra se había borrado completamente. Todos los barrancos y veredas entre Huitupán y Todos Santos habían desaparecido. Sentados alrededor del fuego, Héctor apenas podía oír

190

lo que Paco decía. Hablaba de un primo que había visto esa noche y que, con cierta suerte, obtuvo un par de "Nikes" y vestía pantalones de mezclilla tal y como lo hacen en el norte. La voz de Paco sonaba nostálgica aunque llena de esperanza mientras hablaba de su novia de Chajul. Pero Héctor veía las historias como ecos infantiles de sus propias falsas esperanzas y apenas escuchaba.

Repentinamente, como si se hubiera quemado con una brasa, Héctor se levantó. Corrió hacia la ruina de lo que fue su casa, moviéndose lentamente a su alrededor. Paco contemplaba en silencio.

Cuando Héctor habló, Paco sentía como si el hombre maduro hubiera sido posesionado por un extraño espíritu que no podía sino murmurarse a sí mismo. "Sé lo que debo hacer . . . sí . . . tan simple . . . entonces ella sabrá que está a salvo . . . más fuerte con los puntales del corazón de los árboles." Mientras hablaba, Héctor pasó por enfrente de su casa una y otra vez, calculando su extensión con pisadas uniformes.

Finalmente Paco no pudo soportarlo más, pidiéndole a Héctor que detuviera su demente paseo y le explicara lo que estaba pasando.

"Reconstruiremos la casa, hasta dejarla como era antes. En esa esquina estará el lugar para cocinar y yo encontraré un comal para reemplazar el viejo. Las mujeres traerán ropas recién hechas que extenderemos sobre los petates nuevos que yo haré. Leticia, dónde sea que esté, no importa qué lejos, sabrá de esto y dejará de esconderse. Entonces sabrá que no hay ni un rastro de los militares que puedan recapturarla, que verdaderamente Héctor Rabinal ha regresado a protegerla."

Paco intentó una protesta, diciéndole a Héctor que Leticia no estaba cerca, ya lo sabrían si fuera así. Estaba o muerta, lo cual nadie se atrevía a pensar, o había sido hecha prisionera en una ciudad lejana.

Pero Héctor, de un manotazo y una mirada penetrante, lo silenció.

"Es la única forma. Y conseguiré dos bueyes y empezaré a trabajar mi campo. Es tiempo para el maíz, y los frijoles, y la calabaza de ser sembrados juntos en la tierra." Los pasos de Héctor crecieron con prisa y en extensión y su voz tomó el tono alto de un hombre que ha sido poseído. Paco se alejó unos pasos y lo contempló desde una gran sombra proyectada en la colina.

Entonces Héctor empezó a jalar polines medio quemados y pedazos de barro cocido de la ruina de la casa, apilándolos a un lado. "Mañana," le dijo a Paco, "necesitaremos palas y carretillas para sacar todo esto de aquí." Dio otro manotazo, como si con ese único gesto borrara todo su pasado. "Empezaré temprano. Me encontrarás ayuda. Cuando Leticia oiga que su casa ha sido reconstruída regresará. Sé que lo hará." Y con ello Héctor atacó los obscuros remanentes como un hombre que había escapado de la casa de las sonrisas.

Paco pasó la voz, viendo con asombro que la gente reaccionaba con fe y esperanza. Sí, decían, es un buen plan. Y las mujeres se sentaron a tejer sus diseños favoritos para que Leticia los usara a su regreso. A la mañana siguiente, al mediodía, un hombre trajo una yunta con sus bueyes para arar el campo de Héctor y había tantos hombres ayudando a reconstruir la casa que difícilmente podían trabajar sin estorbarse unos a otros. Pronto la tierra estaba limpia y excepto por un poco de barro negro todo estaba como Héctor lo dejó.

Héctor se movía constantemente, gritando órdenes, excavando en su memoria, buscando cómo eran las cosas. En poco tiempo los hoyos para las pilas de las esquinas estaban cavados, y desde lo alto de la montaña los burros venían cargando árboles recién cortados a través de los caminos serpentinos. El aire estaba lleno de los sonidos del trabajo, las voces de los hombres llevaban un espíritu que no llevaban desde hacía meses. Se decía que en la noche las esposas se acostaban a su lado deseosas, como si sus esposos hubieran sido transformados en aquellos hombres con los que se habían casado por primera vez.

En tan solo unos pocos días Héctor subió a lo más alto de la casa y aseguró el último manojo de palma para el techo. Debajo de él, dentro de la casa, podía oír el suave murmullo de las mujeres mientras arreglaban y rearreglaban lo que Leticia necesitaría a su retorno.

Desde ahí Héctor podía contemplar casi todo el valle y oír sonidos familiares que empezaban a regresar — el eco de una hacha en la colina mientras alguien recogía los leños de una fogata, niños jugando con sus madres arrodilladas a la orilla del río lavando ropas en las piedras llanas. Aún los perros se habían vuelto más juguetones, corriendo y ladrando alrededor de los jóvenes ya no temerosos y cobardes.

Incluso pudo ver los surcos de su campo y los primeros brotes amarillos que estaban surgiendo del suelo rico.

Héctor se levantó en el borde de su techo como si pudiera estrecharlo en toda su extensión con sus brazos abiertos. Entonces se dio la vuelta en silencio con sus brazos simulando el movimiento de una cruz. Señal de que había regresado, de que la casa y el campo eran suyos nuevamente, de que Leticia ya podía regresar.

Durante los próximos días las mujeres traían comida y los hombres se sentaban a platicar con Héctor en la sombra del acantilado o se paseaban con él por el campo, ayudándolo a quitar cualquier hierba que se atrevía a aparecer entre los surcos. Paco orgullosamente le explicaba a cualquiera que llegaba lo que habían hecho Héctor y sus vecinos. En la noche los hombres traían posh e incluso cerveza para celebrar su triunfo. Se contaban las historias de sus padres y abuelos, historias que eran familiares pero que habían sido olvidadas por demasiado tiempo. Todos sabían, aunque ninguno pudiera expresarlo, que la historia del retorno de Héctor y la resurrección de su casa para encontrar a su mujer perdida ingresaría en las historias de sus nietos y bisnietos. Entonces, uno a uno o en parejas se irían, encontrando las veredas que resplandecían en la luz de la luna y los guiaban hacia sus casas.

Sólo Paco se quedó con Héctor, los dos tendiéndose en sus petates bajo las estrellas, porque la casa no se usaría hasta el regreso de Leticia, sin una huella en el apisonado de tierra. Después de efectuar tantos cambios

Héctor se dio cuenta que las palabras le llegaban fácilmente y parecía un chiquillo nuevamente relatándole a Paco todo lo que sucedió, todo lo que vio en su travesía hacia el norte. Héctor también se encontró a sí mismo buscando el futuro, pensando en como serían las cosas junto a Leticia.

En algún momento Paco encontró el coraje para hacer la pregunta que debía de estar escondida en el corazón de todos los hombres. "¿No estás asustado de los soldados? ¿De que te encuentren aquí?" Héctor sólo miró a Paco con confusión, ocultando el miedo que siempre estaba presente, y no pudo contestar.

Después de una semana Leticia no había aparecido y pronto las mujeres escasearon sus visitas, antes llenas de comida, para dedicarse a las necesidades cotidianas de sus familias. Y las noches se hicieron más silenciosas, más solitarias, mientras los hombres y sus bebidas, que daban reposo al alma, se hicieron menos frecuentes. Luego las visitas dejaron de existir, mientras Héctor y Paco siguieron esperando.

Paco se iba dos veces al día para traer comida, leña o agua, pero Héctor sólo podía esperar y mirar y oír. Los amarillentos brotes de las milpas maduraron, reverdeciendo el campo. Los tallos de frijol curvándose entre las milpas y cientos de redondas calabazas alfombraban el suelo. Héctor esperó a Leticia. No llegó.

Finalmente aún el fiel Paco se fue por dos días a Chajul a visitar a su novia. A su regreso trajo rumores de que los soldados aún estaban en el área y habían quemado otra villa de presuntos simpatizantes de los rebeldes. A todas partes que fue, Paco fue detenido. ¿Qué es esto que oímos? le preguntaban. ¿Es cierto que ocurrió un milagro en Huitupán, que una mujer retornó de la muerte? Paco trató de explicar, pero como siempre la gente estaba más interesada en creer en los milagros que en escuchar la verdad.

Su novia finalmente se enfureció cuando no pudieron caminar más por la quieta plaza de Chajul, la quieta noche del domingo, y no los dejaban solos en sus abrazos secretos. Paco se había convertido en una celebridad local debido a su cercanía con Héctor y lo que se había empezado a llamar el "Milagro de Huitupán."

Mientras Paco caminaba de regreso hacia la colina de Héctor, se preguntó cuánto tiempo podía esto seguir. Su novia le había negado el favor de tocar sus pechos antes de irse y no hizo ninguna promesa sobre el futuro. Como podía ella ponerse a jugar con él si Paco estaba envuelto en una cosa tan seria como la posible reaparición de Leticia. No lo sabía. El trabajo es lo primero del hombre y ahora Paco tenía que ayudar a Héctor, estar junto a él hasta que no hubiera más esperanza. Pero no podía abandonarlo por la tontería de una novia. Discutiría eso esta misma noche con Héctor, ya que es de esas cosas que entre amigos siempre provocan una buena broma. Además Héctor sabía más de mujeres que ningún hombre de la aldea; lo sabía por la forma en que la historia de Bonnie fue desarrollándose más allá de la extrañeza de tener una mujer como patrón.

Mientras Paco se acercaba a la cumbre de la montaña donde se encontraba la casa de Héctor, se detuvo y escuchó. Se podía oír el motor de un camión cerca de la aldea. Un sonido muy poco familiar y distinto de los que hacían los dos camiones que había en la aldea. Uno de ellos llegaba todos los viernes cargado de cajas de cerveza y dando tumbos por el pedregoso camino. El otro había estado allí la semana pasada con el cargamento de un mes de Pepsis y no regresaría pronto. Esto era diferente. Pero el sonido se apagó y Paco avanzó dos pasos más hasta llegar a la cumbre, entonces quedó congelado.

Podía escuchar voces, incoherentes al principio pero después claramente la voz de Héctor gritando en medio de la tarde. "¿Dónde está mi esposa? ¿Qué le han hecho? Llévenme a donde está ella, hijos de puta." Luego una voz dijo: "Quieto, traidor, pronto vas a acompañar a tu esposa." Luego un golpe, y otro golpe seguido de un gemido. Paco oyó una carcajada y voces discutiendo como si no supieran qué hacer.

Paco luchó contra el pánico inicial que lo atacó. Se alejó unos pasos de la vereda, arrodillándose silenciosamente, y esperó. Cuando las voces no pararon reptó pecho en tierra hacia la casa nueva de Héctor hasta poder ver el techo y luego el patio y la media docena de hombres que parecía llenarlo.

¡Camisas cafés! Paco podía ver claramente la silueta de una mano blanca en sus espaldas. Héctor estaba tirado en la tierra, las manos amarradas atrás de la espalda. Ya no emitía ningún sonido, pero se balanceaba en señal de dolor.

El primer impulso de Paco fue ir por ayuda, pero sólo estaban sus tíos y primos y ninguno tenía nada como un

197

revólver y todos los soldados llevaban rifles. Paco nunca había sentido una soledad como ésa, la impotencia de ser un hombre, saber que se tiene que hacer y, sin embargo, no poder siquiera actuar. Si se levantaba podría ser capturado o fusilado; no podía buscar ayuda, porque no había ayuda, podía avisar a la gente de la aldea que se escondiera, pero entonces recordó el sonido de aquel camión y pensó que tal vez la propia villa ya estaba avisada — posiblemente demasiado tarde.

Incluso entonces, mientras volteaba a ver el valle, pudo ver más fuegos que los usuales, algunos con un humo negro y lleno de ira. Supo que era fútil ir a algún lado. Entonces Paco hizo lo único que podía hacer. Miró y esperó con la esperanza de un sueño que un milagro lo resolviera todo.

Finalmente los soldados llegaron a un tipo de acuerdo y treparon a Héctor sobre el lomo de un burro y empezaron a bajar la ladera hacia Huitupán. Paco no se atrevió siquiera a moverse, tumbado boca abajo mientras los soldados pasaban apenas a unos metros de donde se encontraba. Finalmente ya no contento de ser una lenta y cobarde víbora, halló la vereda familiar y la siguió como un testigo solitario de la terrible procesión y él también bajó hacia Huitupán.

# DIECISIETE

HÉCTOR le dio la bienvenida al tiempo que Paco pasó con su novia en Huitupán en parte a que le recordaba los días en que cortejaba a Leticia. Apenas hacía unos años, probablemente más de lo que le parecían a él, pero todo estaba cambiando. Los jóvenes ahora cargaban radios mientras paseaban con sus novias y la música del norte emergía de ellos mientras caminaban por el parque. Ya no era necesario llevar a una hermana mayor o una tía que volteaba la cara en medio de un abrazo o beso furtivo.

No, ahora todo era diferente, pero entonces nada haba quedado igual. Héctor usó su tiempo solitario para pasear por el valle y buscar en su alma la correcta respuesta a la única pregunta importante que conocía, aquélla que tantas horas les obligó de lucha a él y al padre Cota, cuando Héctor todavía era joven y pensaba que sabía todas las respuestas. La pregunta le había parecido tonta entonces, alguno de los juegos con los que el padre lo complicaba, pero ahora Héctor la veía distinta. El padre Cota se la había puesto así: "¿Qué es lo que significa ser hombre?" La pregunta parecía tan simple que había enojado a Héctor, pero mientras más se luchaba con la respuesta, más se agrandaba la pregunta. El padre Cota la alargaba mientras negaba las respuestas y las tontas conclusiones de Héctor.

Ahora Héctor sabía a donde lo había estado llevando el padre Cota. A un lugar donde sólo él, Héctor Rabinal, podía responder; no con palabras, sino con acción o incluso como ahora, con inacción. Con espera.

Al rato Héctor se sintió inquieto en la quietud y cansado de una mente que lo llevaba a tantos y tantos círculos. Deseó que Paco regresara con comida y noticias de Chajul. Si al menos supiera más, entonces podría hacer las elecciones correctas. No sólo a título propio sino para sus niños en San Caralampio.

Entonces regresó a su casa recién reconstruida. Haría fuego, pensó, dentro de la casa, de la misma forma en que lo hubiera hecho Leticia. Había este impulso vago de que un fuego haría la casa más visible o quizá sólo quería probar el techo, para ver si el humo podría perderse de un lado al otro sin encontrar la salida hacia la puerta.

Mientras se arrastraba suavemente hacia afuera, oyó

algo arriba, en una falda del cerro, y pensó que Paco tal vez había atravesado la montaña en línea recta desde Chajul, que era la manera más rápida para regresar, un atajo a través de Huitupán, aunque era difícil para un hombre viejo.

Los brazos de Héctor estaban llenos de leños para el fuego y él acababa de enderezarse cuando vino la explosión. Las voces en ese momento no servían sino para confundirlo más. Después de pensar que había visto las camisas cafés no tuvo tiempo para sentir el cañón de la pistola en su cabeza. Recordó su propio dolor, llorando, intentando levantarse un poco del piso, demandando, como si tuviera algún derecho a demandar, que lo llevaran con Leticia. Sus palabras encontraron el eco de las rocas y se mezclaron con los gritos que oía. Entonces Héctor probó la sangre que ennegrecía la tierra en la que yacía.

Sus palabras flotaron a su alrededor y encontró que se había entregado a ellos o a algo que no podía definir. No importaba. Su vida ya no era suya y se encontraba sumido en un nudo de miedo y un extraño sentimiento de liberación.

Después se encontró atado en la espalda de un burro, sus manos y pies atados con una cuerda que rodeaba el vientre del burro. Héctor se dio cuenta de que ya no se encontraba adolorido, sino terriblemente consciente de cada paso que el burro tomó, cada vuelta de la caravana descendiendo hacia Huitupán.

En una curva de la vereda uno de los soldados jaló al burro para que se detuviera y lo volteó. Después jaló la cabeza de Héctor para que pudiera ver la casa encima de él y Héctor ahora sólo pudiera ver las flamas emergiendo del techo consumido.

Finalmente llegaron abajo y las patas del burro pisaban piedras del adoquín del zócalo. Los soldados lanzaron tiros al aire y por vez primera en meses las campanas de la iglesia empezaron a sonar. Los seis soldados entonces se encontraron con otros, esos que estaban en el camión que Paco escuchó. Marcharon en línea alrededor de la pequeña plaza y mientras lo hacían disparaban al aire gritando: "Héctor Rabinal ha regresado, Héctor Rabinal ha regresado. Vengan y vean. Héctor Rabinal está de regreso."

Entonces empezaron a reírse y bajaron a Héctor del burro. Ataron la cuerda de sus pies a la silla de madera del burro y dejaron que el animal diera vueltas lentas arrastrando a Héctor por las calles una y otra vez. Y mientras tanto los soldados iban de casa en casa, forzando a las mujeres y niños a ver la procesión. Los hombres pararon su trabajo en el campo y acompañaron al pueblo, los machetes a sus lados inútiles como juguetes.

Después los soldados corrieron de casa en casa, de tienda en tienda colocando antorchas en los techos. Las mujeres pelearon. Los niños sólo lloraban y gritaban. Un hombre trató de salvar la tienda que había sido de su abuelo intentando arrancar la antorcha de uno de los soldados. Fue asesinado y cayó como un animal inútil.

Entonces las camisas cafés detuvieron al burro que aún arrastraba su ensangrentada carga y lo llevaron al gazebo en el centro del zócalo. Allí ellos tiraron la cuerda a través de las aberturas del gazebo y agarraron a Héctor Rabinal por sus tobillos, para entonces enredarlo lentamente enroseando la cuerda primero hacia un lado y después desenroncándola con más lentitud hacia el otro lado. Héctor veía Huitupán encendida, entonces sintió algo en su garganta. No era ya el dolor — había hace tiempo cruzado la barrera del dolor — y la sangre le brotó de un ojo.

Entonces un perro amarillo todo costillas con las tetas colgando contra la piedra empezó a dar vueltas alrededor de Héctor. Antes de que se cubriera de sangre su otro ojo por el corte de su garganta vio al perro lamer hambrientamente la sangre del piso del gazebo.

Los que eran testigos juraron después que en ese momento una sonrisa llenó la cara de Héctor y quedó ahí petrificada en su rostro aún después de que su mundo se tornó para siempre oscuro. Era una sonrisa, algunos dijeron, como si Héctor hubiera hecho una pregunta y sorpresivamente lo hubiera asaltado la respuesta.

# Donley Watt

Donley Watt ha trabajado en los negocios de petróleo, ha sido dueño de una finca para cultivar especias, y ha sido el decano de una universidad, entre otras cosas. Desde los años sesenta ha viajado frecuentemente a México y más recientemente a Oaxaca, donde vivió mientras acababa ésta, su primera novela.

En 1994, su primera colección de cuentos, *Can You Get There from Here?* ganó el premio Stephen Turner del Instituto de Letras de Texas, por el mejor primer libro de ficción.

Watt y su esposa, Lynn, que es artista, radican en Tucson, Arizona.